目次

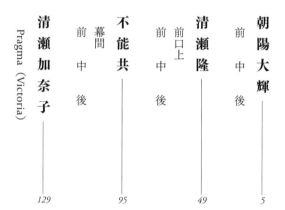

装画　鈴木次郎
装丁　大原由衣

朝陽大輝

―前―

どこかの国のどこかの街で、ニューヨークだかハウステンボスだかサンティアゴ・デ・コンポステーラだか、その辺りのなんの関連もない都市で強盗殺人がありそれなりに名前の通った人が死んだと聞いて、俺はそれなりに名前の通った人のことをまったく知らないしそうか呆気《あっけ》ないな人は死ぬんだな、なんてうすっぺらな感想だけを数秒抱いてさっきまで忘れていたんだけれども、不意にやたらとクリアになった脳と視界で鉄橋の下を覗き込んだ瞬間に思い出して反射的に呻《うめ》いた。人は簡単に死ぬのだ、ということについて知ってはいても実感などそう湧きもしない。思い知る、いいや思い知らされて心が冷えた。

ごうごうと冬の風が鳴いていた。震えながら吐いた白い息、その向こう側には線路と電車があって、人が段々群がって叫び声なんかも聞こえて、車内アナウンスが鉄橋の上にいる俺にも届いて、重く冷たく広がってゆく。

只今事故により走行を一時中断しております、ご迷惑をお掛けして申し訳ございませんが今しばらくお待ちくださいませ……。

俺はなすすべもなく突っ立ったままだった。一時間前からそうだった。清瀬加奈子《きよせかなこ》に呼び出されて鉄橋までやってきたが殆《ほとん》ど口を開かなかった。ただ一言だけ答えた。別れたい。そう言った理由を加奈子はわかっていたのだろう、まるで聖母みたいに微笑《ほほえ》んで、手すりに後ろ手をついたかと思えばひらりと縁に飛び乗った。そして後ろ向きに倒れていって、電車の前に落下した。花火が爆発するような音がすべてを物語っていた。

彼女の代わりに謝罪する車掌はどんな顔をしていたのだろう。最近は、そんなことばかり考える。

「……もう一度名前を言ってもらえる？」

こいつマジかよ、とは言わずに出来る限り丁寧に聞こえるよう問い直すと、訪問者は静かに頷《うなず》き、淡々とした様子で再度答えた。

「清瀬隆《たかし》と申します」

聞き間違いではないことに絶望に似た後ろめたさを持つ。まあ、上がりなよ、と早く帰れというニュアンスを込めてどうにか吐き出したが、清瀬は無言で頭を下げて俺の狭いアパートの中に身を滑り込ませてきた。後ろで縛った長髪が妙に様《さま》になる男で、物静かな男前という風情が表情からも輪郭からも伝わってくるのが何ともいえない。俺は多分こいつが嫌いだった。訪問理由を抜きにしても、嫌いに違いなかった。

清瀬と小さな机を挟んで向き合った。一応出したお茶は場違いなくらい暖かな湯気を吐いている。

何から切り出すか。考えあぐねていると、清瀬が先に口を開いた。

「朝陽《あさひ》大輝《だいき》さん。訪問理由は、察してらっしゃるとは思いますが、改めてご挨拶《あいさつ》させて頂きます。清瀬隆です。先日は、妻の葬儀に来て頂いたと、後程お聞きしました。そして妻が貴方《あなた》に多大な迷惑をおかけしたと存じてもおります、申し訳ございませんでした」

机に額をつけるほど背を折り曲げ頭を下げてくる。

「……、ああ、まあ、こちらこそ、謝罪もせず……」

既に煙草《たばこ》が吸いたくなって来たが耐えながら顔を上げさせた。沈んだ面持ちを向けてくるので堪《たま》らない、立場で言えば完璧に俺が悪だというのに。

清瀬のいう妻とは、俺が付き合っていた清瀬加奈子に間違いがない。既婚者だとは本当に知らなかった、それでも分が悪いのはこちらだ。実質的に不倫相手だった上に、俺は彼女が目の前で飛んだあと、茫然《ぼうぜん》自失のまま動けなかったのだから。

また黙り込んでしまった。訪問の理由がまったくわからない。俺の困惑を清瀬は当然感じ取っているらしく、すみません、と再度の謝罪を挟んだ。それからこちらに向き直る。

「私にはもう、貴方しか加奈子の話が出来る相手がいないのです」

一瞬何を言われたのか理解できなかった。は？　と思わず漏らして凝視する。冷静な表情とぶつかった。まとめきれていない長髪が一筋、耳の横に垂れている。それを耳にかける仕草に無駄がなかった、ただそれだけでふっと怒りに火が着いた。

加奈子の話が俺としかできない？　知ったことではない、俺はあいつが既婚者だと知らされてから別れを告げて、その直後に目の前で飛ばれただけの男で金輪際関わりたくなどない、あんたは見てないからそんなことが言えるのだ鉄橋の下の線路が真っ直ぐに敷かれた整備の行き届いた場所の上で弾けた人間というものがどんな様相をしているのか知らないからそんなことが。

吐き捨てたかった。今すぐ立ち上がって澄ました表情の清瀬隆を殴りつけて怒鳴って放り出して、……でも無理だった、何故なら俺は。燃えたはずの怒りが緩やかに萎《しぼ》んでいく。

加奈子のことを好きだったのは本当だ。そしてそれが目の前の男もまったく同じなのだとわかってしまっていた。非道な一蓮托生《いちれんたくしょう》だ。

「……わかりました」

やっとそれだけを絞り出すと清瀬は安堵《あんど》したような息を吐いた。お互い一口も啜《すす》らなかった粗茶はもう湯気を吐き出していなかった。


清瀬加奈子と知り合ったのは居酒屋だった。職場の飲み会があり、俺はずいぶん酔っ払っていた。店先で唸《うな》りながら酔いを覚ましている間、ずっと背中を擦《さす》ってくれていたのが加奈子で、偶々《たまたま》隣のテーブルに居合わせた別のグループの一人だった。

結婚指輪をしていなかった。旦那がいると一度も匂わせなかった。加奈子は涼やかな美人で、姿勢の綺麗《きれい》な女だった。あえて言うのなら清潔な、なんの不貞もない雰囲気を全身から放っていた。他に相手が、ましてや結婚しているなどとは露ほども思わなかった。何故あれほど信頼してしまい、職場の人間から密告されるまで何にも気付くことがなかったのか、俺はもうわかり始めていた。

清瀬隆は俺のアパートを何回も訪れた。手土産《てみやげ》は必ず持っていて、一度来た時に俺の生活がカップ麺やコンビニ弁当で形成されていると察したらしく、よろしければ、などと言いながら惣菜《そうざい》やら食材やら野菜ジュースやら、とにかく俺の体調を気遣ったような食品を渡してくる。嫁の不倫相手にすることではない。だからわかり始めた。

清瀬隆は所謂《いわゆる》尽くすタイプなのだ。極めつきに本人が自分で吐いた。

「私は加奈子が浮気していると知っていましたが、とめませんでした。……気持ちは、わかるので」

清瀬はそんなときばかり寂しげに笑い、ひとつにまとめた長髪の先を無意味に弄《いじ》る。何もいえなくなる、差し出された食料を受け取って、食べずに捨ててゴミ袋の口をきつくきつく縛り上げて、もう来るなよもう来ないでくれ、加奈子の話も本当はもう誰にもしたくないんだよ、あいつと俺がベッドの上で睦《むつ》んで何を話して笑い合っていたかなんてあんた本当に知りたいのかそんなわけないだろうって明日は絶対に言おう、頼むから新しい生活に踏み切る邪魔をしないでくれ食事もちゃんととっているって、撥《は》ね付ける意思を固めるのに現れた清瀬がどこかほっとしたような顔をすると何も言えなくなって、加奈子にちょっと似てるんだよな、夫婦が似るって本当なのかもなって、まったくどうでもいいことを口に出して清瀬を笑わせてみたりする。


朝陽さん、と俺の部屋を片付けながら清瀬が話し掛けてくる。いつの間にか殆ど毎日来るようになっていて、食事も持ってきたものではなくその場で作るようになっていて、向かい合わせで食べ始める状況になっていた。体調がよくないと辞退し続けているがそれでも料理は机に載った。

うんざりしつつ、なに、と短く問い返す。咥《くわ》えた煙草に火を着けて、加奈子は煙草を嫌がったなと、まとめられず肩より下で揺れる長髪を見ながら考える。清瀬は嫌がらない、むしろ吸う。今も俺の近くに寄ってきて、自分の分のマルボロをポケットから取り出している。

「俺が加奈子と結婚したのは、貴方が加奈子と出会うちょうど一年前だったんですよ」

「あー、何回か聞いたって」

「そうでしたね。……彼女は朝陽さんのことを相当気に入ってたみたいなので、何度も貴方の話を聞かされました。だから俺は、朝陽さんと初対面のような気がしなかったんです」

それは一度も聞いたことがなかった。ふっと煙を横に吐き出し、

「その言い方だと、加奈子があんたに俺の話を頻繁にしてた、って聞こえるけど」

世間話程度に問い掛ければ頷かれて背筋が凍った。清瀬は笑っている、清らかに笑っている。

「可愛《かわい》い人なんだよってよう言うてましたよ」

ぽろりと零《こぼ》れた方言に、形がない不安を抱く。

「酔い潰れて店先で寝てたから介抱してあげた、大輝くんのちょっと斜に構えた、でも優しいところが好き、口が悪いところも可愛い、明日は大輝くんと会うから帰りが遅いけど先に寝てて、そんなふうに加奈子は俺に貴方の話を共有しました。そうか、ええ人みたいで良かった。せやけど加奈子、お前ちゃんと話はしとるんか？　そう聞けば笑って誤魔化されたので、朝陽さん、貴方が加奈子が既婚者だと知らないとは気付いていました。それについては俺から何度も謝罪させてもろうてますけど」

まだ喋《しゃべ》りそうだったので一旦静止をかける。心臓が酷く鳴っていた。こいつなんの話をしているんだ？　と恐ろしくなり、同時になんだその夫婦関係は？　と理解が及ばず思考が止まりかける。

鎮火しかけていた煙草を捨てて向き直った。清瀬は合わせるように体勢を変えて、指に挟んだ二本目の煙草を転がし始める。朝陽さん。静かな声が不透明な水のようだ。俺はね。波紋のように台詞《せりふ》が響く。

「不能なんですよ」

ぽつん、と雫《しずく》のような一言を呟《つぶや》いてから、清瀬の唇は煙草を咥えた。

清瀬隆と清瀬加奈子の夫婦生活に性交渉はなかったそうだ。それでもお互いに結婚の意志は固く、駆け落ち同然で家を出てこの辺りに移り住んだという。

「でも加奈子は子供が欲しかったんやなあ」

清瀬は俺の夕食を作りながら、懐かしむような口調で話し続ける。

「それで、話し合うて決めたんですよ。承認を得られることは難しいやろうけど、誰か他から精子をもらおか、って。……それ用の施設は加奈子が嫌がりました。自分で見つけて気に入る人やないと嫌やって、彼女、案外わがままやったでしょう?」

それはそうかもしれなかった。付き合い始めて一番驚いたのは、清楚《せいそ》な雰囲気に反して行為に関する甘え方が上手かったことだ。加奈子に甘くねだられると次の日が早くともついホテルに足が向かっていた。ゴムはいいよ、という誘惑にだけは背き続けた。

「朝陽さんに話を通して、家に連れてきな、という話は何度もしました」

清瀬は切った野菜をフライパンに入れ、手際よく味付けを施していく。醬油《しょうゆ》の焦げた匂いに食欲をそそられて腹が鳴るのに何も食べたい気分にならない、なるわけないんだが清瀬はやめない。フライパンを振り、朝陽さん、と静かに話す。

「加奈子は貴方の前で自殺したやろ」

がたん、と大きな音が響いた。俺が立ち上がった音だったが立っているとは遅れて気付いた。清瀬は振り向き、首を傾けながら笑って、音もなく流れた髪を耳にかけた。

「朝陽さんの子供がええ、って決めてたみたいで。せやから別れると言われてショックやったんやろうな。でも俺のせいなんでそんな顔せんといてください」

「は？　いや、あんたは別に加奈子と、その、関係が冷えてたってわけじゃあねえだろ？」

動揺しながらもどうにか冷静になろうと、あえてゆっくり問い掛ける。フライパンが翻った。皿の上に盛られた野菜炒《いた》めはずいぶん健康に良さそうだったが要らない、要らないといえない。俺は足首を摑まれている。

加奈子の亡霊に。

或《ある》いは、清瀬隆にじりじりと追い詰められている。

「俺のせいですよ」

清瀬は穏やかに言いながら野菜炒めをテーブルに置く。

「加奈子が既婚者やって、貴方の同僚に伝えたのは俺なので」

微笑まれて一瞬視界が真っ白に染まる。酷い怒りのせいだった。野菜炒めを腕で払い落として相変わらず笑ったままの清瀬隆の胸倉を引っ摑む。勢いのまま殴ろうとしたが握った拳は振り上がらない、距離を詰めて覗いた瞳の中が殴れと言っている気がしてどうにもならない。

「……加奈子とは」

数秒睨《にら》み合ったあとやっと絞り出した声は掠《かす》れていた。清瀬はもう笑っていなくて、俺の手首に指を絡めながら、はい、と小さく返事をする。

「加奈子とは、既婚者って知らなくても、いずれ別れてたと思う」

「……何故ですか？」

「結婚する気がなかったからだ」

だから絶対に避妊をした。俺は俺が可愛かった。加奈子のことは気に入っていたし愛していたし会えば楽しかったが子供なんて絶対にごめんだった、そもそもこのアパートに立ち入らせたことだって一度もなかった。こいつだけだった。恋人だった女の旦那だけが俺の部屋に上がり込んできて野菜炒めなんか作っていつまでもいつまでも入り浸《びた》っていた。

「加奈子とあんたの評価がどうだとか俺の知ったことじゃない、煩わしいのは嫌いなんだよ加奈子は確かにわがままなときはあったけど、基本的には涼しげで面倒なところが少ないから気に入ってただけで、子供の話なんてされたらすぐに逃げてた。自信がある。本当はさっさと引っ越してえんだよ、それなのにあんたが来るから何処《どこ》にもいけねえんだ、もう来るなよ頼むからいつになったらわかるんだよ‼」

しばらくの間俺も清瀬も黙っていた。そのうちに清瀬がやんわりと俺の腕を離して、床に散らばった野菜炒めを片付け始めた。そのままでいいから帰れ、二度と来るなよ、加奈子は死んだだろあんただっていい加減こんなことは生産性がないってわかってるんだろう。背中に投げ付けると清瀬は手を止めてぱっと振り返った。朝陽さん俺は本当は貴方と加奈子のことを認めてなんてなかったんですよ。静かだけど震える声で言いながら、清瀬は眉間に皺《しわ》を寄せて口角を吊《つ》り上げた。それは恐らく初めて見た本物の笑顔だった。

「朝陽さん。俺は貴方のことが大嫌いなんですよ。加奈子が既婚者やって知って傷つけばいいと思った。加奈子が出掛けるたびにはよ死なんかな、そうしたらやっぱり他の方法を考えようって加奈子に言えるわ、また別のところに移り住んでもええし、俺は養子とってでも構わんから説得できるやろう、でも朝陽大輝が邪魔や、あいつだけが邪魔や、そう考えて考えて密告した結果がこれですよ。ほな、俺ができることなんかひとつしかあらへんでしょう？　貴方に嫌がらせをし続けること、これだけですよ。引っ越していいですよ、追い掛けます。食事もいつか必ずとらせます。加奈子の話も吹き込み続けますよ朝陽さん、逃げるなんて絶対に許さんわ俺もお前もいつか死ぬまで、同じだけ苦しんでもらわんとなにもおさまらへん」

清瀬は片付けた野菜炒めをゴミ袋に放り込み、きっちりと縛ってから呆然《ぼうぜん》とする俺の前に立つ。明日も来ます。ここにいてください。俺には貴方しか生きる糧《かて》がないんです。

背筋を伸ばしながら凛《りん》とした声で言うもんだから、俺は思わず笑ってしまった。俺が笑い続けている間、清瀬は黙って立っていて、けれど静かに笑んでいた。俺を追い詰めたままそこにいた。

— 中 —


私、大輝くんとの子供なら欲しいよ。

コンドームの口を縛ってゴミ箱に放り投げる俺に向かって加奈子は高い確率でそう言った。甘い声で腕なんか絡めながら、責任とれなんて言わないよ、と無責任に誘って来た。どう返していたかはあまり覚えていない。適当に宥《なだ》めて、まあそのうちなー、なんて言いながら目尻にキスして、シャワー浴びてきなよ、とか優しく声をかけていたような気がする。

清瀬隆はそこで頷いた。

「貴方は加奈子を大切にしている、という風を装って面倒になったら切り捨てて逃げ出してしまおうって腹やったわけですね」

にこり、と穏やかに微笑まれる。無言で机の脚を蹴れば益々嬉しそうにされた。最悪だった。こいつは恐らく悪魔か鬼か、じゃなければ神なのだ。およそ破滅を目的にした、邪神なのだ。

もう夏だった。加奈子が死んだのは冬で、こいつが入り浸り続けて冬の最後と春のすべてはすぐ消えた。じっとりと蒸し暑い俺のアパートの中、清瀬は縛っていない長髪を時折鬱陶《うっとう》しそうに手の甲で払う。

「縛れ。もしくは坊主にでもしちまえよ」

「切りませんよ。髪には神様が宿るかもしれないですし」

ほらみろ邪神じゃねえか、くそったれ。思い切り声に出して詰《なじ》ったが清瀬は笑みを崩さない。

こんなことはやめたいしもう来るなと清瀬が現れるたびに玄関先で吐き捨てる。それでも撥ね付けきれないのは俺がろくでなしだからだ。加奈子という亡霊にとりつかれて通い続ける清瀬隆という男が、いつ音を上げて忽然《こつぜん》と姿を消すのか、その日の解放感はどのくらいなのか、そういったものを求めた上で受け入れている体《てい》を装って静かに笑っていることの男に加奈子と交わした睦言なんかを聞かせ続けている。

清瀬は立ち上がり、食事作りますよ、と抑揚もなく義務的にいう。清瀬の作る食事を俺は一度も食べたことがない。目の前で捨てる。そのあとカップ麵を食べる。清瀬は俺の前で食事はしない、痩せてもいかない。帰宅してから食っているのだろうがどうでもいい。

つまるところ今こいつは俺のサンドバッグだった。どれだけ鬼畜な対応をしても懲りずにやってくる、いいゴミ箱になっている。


最近機嫌いいですね、と職場の後輩に聞かれ、まあなーと、濁しつつも否定しなければ、ほっとしたような息を吐かれた。そんな行動をされた意味がわからず、なんだよと頭を小突きながら聞き返したところ、

「いやだって、大輝さんはほら、あの、彼女さんが、その……死ぬところ……」

しどろもどろになりながら言って、すみません！　と頭を下げてきた。そうだった、と俺も思った。加奈子が目の前で飛び降りたのは冬の話で、下手をすれば俺の傷は癒えていないはずだった。適当に笑って誤魔化したが背中には嫌な汗が滲んでいた。


「それはそうでしょう、朝陽さん。貴方は冷たい人ですから」

夜にやってきた清瀬に後輩との話をすると、さらりとした声で無味無臭に言ってのけた。

「冷たい？　加奈子の評価は、優しい人だったんじゃねえのかよ」

「それは加奈子の評価です。……ほんまにわからんのか？　貴方には、徹底的に情が欠けていますよ」

「はっ、馬鹿なのか？　毎日毎日嫌がらせに来てるような人間の言うことじゃないだろうが」

清瀬の作った和風パスタは温かそうな湯気を吐いているが、嘲笑しつつ流しに捨てる。

「じゃああんたが愛してやまない駆け落ち同然に結婚した加奈子って女は、相当見る目がない女だったんだろ。不倫相手は徹底的に情が欠けてて、結婚相手は嫌がらせに来るのだけが生き甲斐《がい》なんだから」

そうですね。清瀬は冷静な声で言ってから煙草に火を着けた。煙の匂いを嗅ぐと自分も吸いたくなり、流しの前に立ったまま煙草を咥えた。

灰を和風パスタだった生ゴミの上に落とす。きのこが何種類か使われている、そこそこ美味《うま》いんだろうな、という雰囲気の生ゴミだ。食材は勝手に持ってくるのでどのくらいの金をかけて俺に嫌がらせをしているのかはわからない。暇なこいつと毎回思う。

パスタ麺の中に煙草の先を突っ込み火を消した。振り返ると、清瀬がいつの間にか背後に立っていた。俺はそれなりに背が高いほうだったが、こいつも似たようなもので、目線の高さがほぼ同じだった。空いた穴のような黒目が俺をじっと見つめている。

退《ど》け、と言いながら胸元を押す。よろけた清瀬の横をすり抜けて冷蔵庫に向かい、買っておいたコンビニ弁当を取り出すと、目の端にのそりと動く長髪が見切れた。流しの生ゴミパスタを片付け始めた背中を一瞥《いちべつ》すれば、気付いたようなタイミングで口を開いた。

「加奈子の話に出てくる朝陽大輝という人は、ずいぶん魅力的でした」

コンビニの袋に無残なパスタが放り込まれる。

「朝陽が大きく輝く。いい名前ですね。加奈子は貴方になにか、煌《きらめ》きのようなものを感じ取っていたみたいです。生命力と言えばええんやろうか……この人の子供やったら、逞《たくま》しくてええ子に育つに違いない、加奈子はそう思ってしまったみたいですね」

清瀬の無骨な手がぎゅっと袋の口を縛る。そして振り向き、いつものような笑みを浮かべる。

「俺には加奈子の気持ちはわからん。貴方はクズですよ朝陽さん」

流石《さすが》に苛つき、思わず舌打ちが出る。クズにクズ呼ばわりされる謂《いわ》れはない。

「鏡見てから発言しろよ、そもそも不倫だったってことは知らなかったんだし、その点では完璧に潔白だろ。俺はあんたら夫婦のほうがイカれてると思う、いくらあんたが不能だからって見ず知らずの他人の種で子供を作ろうって発想になるか？　ならねえよ。それで万が一子供ができてたら、あんたちゃんと育てられたか？　無理だろ、それで幸せだって笑えるのは加奈子だけだろうがどう考えても」

「加奈子が満足なら俺はそれでよかったですよ」

清瀬は淡々と、しかし芯を持って言い放った。

こいつの異常性は加奈子のみへの重い執着だ、わかってはいたが改めて目の前に現されると虫唾《むしず》が走る。

そこまで人間に入れ込める感情というものが、俺はまったくわからない。もう加奈子はいない。確かに美人で、肉体も悪くなかったし、ちょうどよく付き合える性格で好ましかったが、そんな人間は探せば他にいるだろう。こいつだってさっさと振り切って他に進めばいいのにいつまでもいつまでも。

また来ます。清瀬は手を洗ってから部屋を出て行った。帰り道で事故にあって死ね。後ろ姿に声をかけると、そうなるといいんですけどね、と感情のない声が返ってきた。


濁った夏が終わり秋に差し掛かった。変わらず来ていた清瀬は薄手のジャケットを羽織るようになり、作る料理のレパートリーが無駄に増えていた。

季節が三つ目になったのだからいい加減話すこともないし、料理を捨てるのも飽きていたし、黙って引っ越してやろうかなとも思い始めたが、清瀬は知ってか知らずか引っ越し先なんて探偵でも使えばすぐにわかりますので、と薄く笑いながら言ってくる。それなりに整った男前の癖に髪は切らないし笑みは不気味だしそもそも懲りずに訪れるところがあまりにも嫌いだ。そのまま口に出して伝える。清瀬はふふ、と含むような笑い声を滲ませる。

「気が合いますね。俺も貴方のことが大嫌いなんですよ、朝陽さん」

その日清瀬は豚肉のしょうが焼きを作った。当然生ゴミになって、苛ついていた俺は清瀬の長い髪を引っ掴み、人の家にゴミ増やすくらいなら自分で処理して帰るようにしろよ、大嫌いなやつのために作る飯に毒やら洗剤やら怪しいもん入れてないって保証はねえだろうが、豚メシがしょうが焼きって大層上等だよなあさっさと食えよ不能野郎、そう立て続けに罵倒してゴミ袋に頭ごと押し込んでやった。清瀬はもがいたけど食ったらしい。うえ、とか、げほっ、とか、えずきながら煙草の灰やら昨日や一昨日の生ゴミやらあらゆる不要物にまみれた今日の料理を飲み込んで、髪を離して解放してやった瞬間、口を押さえてよろけながらトイレの方向に歩いていった。

ここまですればもう来ないだろうと思った。清瀬は吐いたあと無言で鞄を持ち、足早に部屋を出て行った。清々《せいせい》すると満足し、気持ちよく眠って仕事に行って、スーパーの弁当をぶらさげて帰宅すると既に灯りがついていて背筋はひゅっと寒くなった。

「……合鍵くらい簡単に作れるやないですか、おかえりなさい」

清瀬は台所前で煙草を吸いながら立っていた。なんでいるんだよ。マジで気持ちわりいよ。半ば呆然としつつ詰れば、煙を吐き出し嬉しそうな笑みを向けてきた。途端に怖気《おぞけ》が走り、それごと仕事用の鞄を投げ付けた。もう我慢の限界だった。

腕で顔を庇《かば》うような体勢になった清瀬に歩み寄り、衝動のまま下腹部を蹴り付ける。流産キックという言葉を思い出す、多分掲示板かなにかで見た造語だ。清瀬は男だし当てはまらないが清瀬と加奈子はやはり似ているところがあって、加奈子も俺が避妊を譲らないと言えばなにかを覆い隠すようににっこりと微笑んだ。それを急に思い出して殊更《ことさら》気味が悪くなり腹を押さえながら蹲《うずくま》る清瀬の背中に向けて足を思い切り振り抜くと、鈍い音に濁った呻き声が重なった。

別に暴力をふるいたいわけではなかった。清瀬は気味が悪いほど大人しく、黙って俺に痛めつけられていた。途中からは殆ど冷静じゃなくなっていて段々楽しくもなっていて、床に転がったままの清瀬の髪を摑んで引き摺《ず》って、成人した男なんだからこのくらいで死なねえだろ、なあおい、なんか言えよ、あんたほんとに加奈子に似てるよ、目の前で自殺してまで俺の中に残ろうとした清瀬加奈子みたいな執着が、形は違ってもあんたの内部で渦を巻いているんだろう、そう話しながら無抵抗の清瀬を部屋の真ん中に転がした。意味はなかった。白熱灯の下でぼろぼろの清瀬を見下ろしたかっただけだった。

清瀬は口からも鼻からも血を流していた。目は薄く開いており、乱れた長髪が床や顔の上でうねって這って、散らばっていた。近くに膝をつき顔にかかる長ったらしい髪を指先で退ける。顔全体が露わになると怪我の具合も表情も目の色もすべてよくわかった。切れた唇の端から滲む血が異様に鮮やかだった。

朝陽さん。掠れた小さな声だった。聞き取ろうと更に身を屈《かが》め、口元に耳を持っていくと、荒い呼吸のあと、空気を吸い込む音が聞こえた。

次の瞬間に届いたのは弱々しい声ではなく、耳に噛み付かれた痛みだった。

「なっ、にしやがる‼」

ばっと顔を離して顔を叩き付けるように殴る。清瀬は痛みに喘《あえ》いだが、口元には笑みを浮かべていて、緩やかに上がった片腕は俺の服を握り締めた。

思わず手が止まる。いつもと同じ静かで無味で無意味な笑みが、清瀬の口元に張り付いた。

「貴方は、本質的に、人として不能なんですよ、朝陽さん」

不能。それを不能が口にする。

「……だからなんだよ、俺がひとでなしでもろくでなしでも、あんたが通い続けなきゃさっさと諦めて消えていれば、ここまで手をあげることなんかねえよ」

「ふっ、あほやな。どんな理由があっても人に手えあげとる時点でお前はクズや、っう！」

再び顔面を拳で殴り、咳《せ》き込んで血を吐く姿を眺めてから、血のついた襟元を摑んで引いた。

清瀬。清瀬隆。お前のすべてが心底嫌いだ。築いたテリトリーを荒らし回って何をされても笑っているお前が心底嫌いで反吐《へど》が出る、死んでしまうまで殴り続けて二度と来ないようにしてやりたい、でもそんなことをすれば俺の人生にも支障が出る。だから清瀬の言葉をひとつだけ肯定する。

俺は、本質的に人として不能なのだ。

血を吐いた口は当然血の味がした。うぐ、と呻いた声が自分の口内に直接響く。清瀬は初めて抵抗した。俺の肩を両方摑んで押し返そうとしてくるが、傷が痛むのか力は弱い。下唇を加減せず嚙んでやればぶつっと皮膚が断裂して、清瀬は俺の口の中に向かって叫んだ。

腹が立つ。何もおさまらない。こいつが通い続けるせいで加奈子を思い出す、次に移れない、新しい恋人も作れない、生ゴミも増える、プライベートが侵されていく。

どうせこいつは俺のサンドバッグなのだ。口を離して髪を摑み、無理矢理半身を起こさせると、清瀬は何かを察したように唇をぎゅっと結んだ。しかし俺が膝立ちになり自分のベルトに手をかけ始めれば、ゆっくり息を吐き出して、強く目を瞑《つむ》ってから見上げてきた。静かな瞳の中に、濁流のような激情が浮かんでいた。俺はそれを完全に無視した。

清瀬は大人しく俺のモノを咥えた。時折生ゴミを食べたときのようにえずき、口を離して咳き込んで、嫌悪から来たらしい涙を滲ませながら再びしゃぶった。生温《なまぬる》い舌が気持ち悪い。下手クソ極まりなくてまったくそそらない、まあ男だから当然か。そう考えるがいつまでも吸われていても仕方がないので髪を摑んだ。んぐっ、とくぐもった呻き声が聞こえたが構わずに頭を押して、ああそうかこいつ不能だからしゃぶられたこともねえのかと気付いてからは、歯を立てるな唇で包んで舌先使えよと優しくアドバイスをした。大人しく従ってからはどうにかなった、揺れる長い髪だけを見ていれば女とそう変わらなかった。

終えたあと、吐こうとしたが咎《とが》めて、無理矢理に飲み込ませた。あんたの嫁が欲しかったやつだろ。そう吹き込むと清瀬は眉間に深い皺を寄せつつも頷いて、数回にわけながら胎児未満の死骸共を飲み下していった。

もうじき冬が来るな。一周忌はどうするんだあんた。表情をなくしている清瀬に追い討ちをかけようと話し掛ける。

どうもしません、ここにきます。掠れて震える声がそう答えたので、俺は愉快な気分になった。……なった、が。

笑みを絶やさず機械的だった清瀬が見せたマイナスの感情が、俺にとっての喜びだと思い至ったのだとしても、こんなものは本当は知りたくなかったし人のもんしゃぶって飲まされてもまだ来るのかよ気持ちわりいなさっさと加奈子のいる天国だか地獄だか、あの世にあんたも行っちまえばと希望込みで罵倒するしか清瀬隆の来訪を止める術《すべ》が思い付かず、ある意味では相当取り返しのつかないところにいて、ずいぶん前から途方に暮れてしまっている。

一言で言えば、最悪だ。

― 後 ―

木枯らしが吹き始め、独居用の安いアパートは寒さが増す。暖めても何処かから漏れていくらしく、ストーブの前に座り込むか布団を被ったままでいるかしか、ろくに暖を取る方法がない。去年はそうでもなかった。加奈子とホテルで過ごす日は多かったし、隣に体温のある生き物が転がっているだけで充分すぎるほど暖かかった。加奈子、加奈子か。結局忘れることができないし、もうすぐ一年だというのに俺の生活はほぼ変わりもない。鉄橋の下で熟しすぎたトマトのようにつぶれていた姿が瞼《まぶた》の裏に浮かんで不快だ。

俺は本当に加奈子を愛していたのだろうか。ラブホテルのやわらかいベッドに転がりながら、愛してるという意味合いの言葉を何度も吐いた。あれは本心だったのか？ あの時は当然本心だったが今問われると即答は出来ないかもしれない。でもそれは、様々なことを知ったあとだからか。

加奈子と過ごした蜜月を思い出すと同時に、清瀬にふるった暴力を思い出す。白い肌にじっとり滲んだ汗の艶《なまめ》かしさを思い出し、乱れた長髪の隙間に覗く鮮血を思い出す。肉の塊になって運行を止めさせた姿を思い出し、涙を滲ませながら精液を飲み込んだ姿を。思案をそこで止めた。なんの生産性もない。わざと溜息を吐きながら寝返りを打ち、眠気の方に意識を向けて目を閉じる。

現実と夢の間を行き来して、昼過ぎまでまどろんだ。何もない休みのありがたさを実感するが、終止符代わりの物音が響いた。仕方なく目を開ける。玄関口を見やると厚手のジャケットを着込んだ男が入ってくるところだった。合鍵は取り上げてもまた作るのでもう放ってある。俺が休みだろうが仕事だろうがお構いなしだ、暇な職業なんだろう。

清瀬は布団に埋まったままの俺を見下ろし、

「午睡ですか」

と一切興味がなさそうに聞いてきた。

「そう、今日は起きる予定がねえんだ。邪魔だから帰れよ」

「昼飯……もう夕飯やな。作りますよ麻婆豆腐《マーボー》にします」

話が通じないのも変わりない。舌打ちをしながら布団を撥ね除け、袋を調理台に置き始める清瀬の背後に歩み寄る。麻婆ソースは家で作ってきたらしい、手が込んでいて結構だ。首だけで振り返った清瀬の目は静かで、これもやはり変わりない。少しは変われよとイライラする。苛立《いらだ》ちに任せて髪を摑めば痛かったらしく僅《わず》かに眉を寄せた。静かな湖面に広がる波紋を思い出す。淡々と笑んでいることがほとんどの清瀬隆の表情に差す怒りや憤りや悲しみや哀れみを、力ずくで引き出すことしか日々の楽しみがない。こいつが通い続ける限り。

わかってんだろ、料理は済んでからにしろ。俺の要求に清瀬は一瞬何かを言おうとするが、ゆっくりと跪《ひざまず》き、俺のスウェットに指を引っ掛けた。はあ、と嫌そうな溜息が聞こえる。見下ろすと目が合った。静かな瞳がすっと細くなり、冷えた視線には思わず笑いが漏れる。

眉間に深い皺を刻んだまま、清瀬は慣れた動きでモノを咥える。じゅる、と垂れた唾液を啜る音が響いた。生温い舌はコツを既に掴んでいて先端部分を緩やかに往復する。それでも嫌悪が先走るらしく決定的な刺激にはならない。愉快な気分だ、後頭部を髪ごと引っ掴んで無理矢理奥まで咥えさせれば吐き気交じりの呻きが聞こえた。

「初回しか飲めって言ってねえけど」

射精後、口元を掌で覆っている清瀬に声をかける。首は横に揺れ、出会った頃よりも伸びた髪が遅れて肩口から滑り落ちる。

「大嫌いな人間のブツをしゃぶって、出された精液まで飲むって、どんな気分だ？　普通に気味がわりぃよ」

「っ、はあ、……最悪ですよ」

清瀬は口元を手の甲で拭い、嘲《あざけ》るような笑みを寄越してくる。

「貴方はクズや、徹底的に情があらへん、人間として不能で俺は心底貴方が嫌いやと毎回思いますよ、……でも羨ましい、これだけは」

「は？」

スウェットを直して布団に転がる俺に向けて、いや俺ではなく大多数の男に向けて、清瀬は続けた。

「俺にはできんことや。種の繁栄に関してのことだけは、一生不能です」

清瀬は持ってきた袋の中から緑茶のペットボトルを出して三口ほど飲んだ。それからは何も言わずに食事を作り始めたが、出されたものは当然いつも通り口にはしない。腹が減っていると食べてもいいかと思いもする。しかし意地のような、恒例の儀式のような、今更手をつけるものではないなと結局食べない。

決定的に清瀬をいたぶった秋の日以来、ことあるごとに暴力をふるった。単純に拳で殴るだけの日もあれば、今日のようにモノだけしゃぶらせる日もあって、清瀬は無言で従い或いは堪《こら》えて、冷えた眼差しのまま淡々とまた来ますと言い残した。言葉通り次の日も来て、また同じことの繰り返しだった。

秋の間はほとんどこの流れが続いていた。代わり映えのしない最悪さが俺の狭いアパート内で繰り広げられる。清瀬は訪問をやめない。だから余計に引っ込みがつかない。口淫は徐々に上達するし、吐き気を堪えながらも精子は飲むし、いよいよどうにかなりそうで、いやもうなっているとは思うが具体的になにがどうにかなりそうなのかわからない、しかし確実に何処かの器官は麻痺《まひ》している。そうでなければ俺には罪悪感が欠如しているのだろう、清瀬隆の訪問は俺の知らなかった俺を容赦なく引きずり出してくる。

麻婆豆腐を捨て、清瀬の存在を無視しながら数時間過ごした。そのうちにまた来ますと言い残して清瀬は部屋を出た。いつも通りの流れだった、ここまでは。

黒い財布が落ちていた。清瀬のものだとは直《す》ぐに察した。追い掛けよう、と一瞬思うがそんな義理は微塵《みじん》もない。翌日の仕事終わりで交番にぶち込むと決め、仕事用の鞄に放り込んでからさっさと眠った。


冬の空は薄い。きんと冷えた外気の鋭さは、どこか清瀬の静かな目に似ている。あいつは冬っぽいのかもしれない。加奈子への感情以外が死んでいるところとか。

どうでもいいことを考えながら出勤し、通常通り業務をこなした。もう一年だ。安堵していた後輩も、加奈子が既婚者だと報《しら》せてきた同僚も、既に俺を気遣う素振りはない。加奈子が死ぬ前と変わらない平坦な平日だ。

加奈子が死んだ直後の俺は悲劇の人のような扱いを受けた。腫れ物に触るとはこういうことかと思わせてくれたやつも何人かいる。事実として明るい顔はしなかった、潰れた人間の凄惨さをリアルタイムで見るのはそれなりのストレスだった。

多少は塞いだはずだったが、俺の虚無に似た感情が直ぐにうやむやになったのは、間違いなく清瀬隆のせいだ。

舌打ちが出そうになる。職場なので堪え、タイミングよく話し掛けてきた上司に笑いながら言葉を返す。飲みの誘いだった。そういえばこの一年、殆どこういった誘いがなかったのは、やはり気を遣われていたということか。

……俺の日常が完全に戻る日はそう遠くない。

「勿論《もちろん》です、他にも誰か誘いましょう。俺も久し振りに楽しく飲みたいなって思ってました」

明るく返せば上司は頷き、他にも何人か、主に俺が話す部類の人間に声をかけて回った。恐らく飲み代は出してもらえるだろう、オーケーの返事をする後輩の声も普段より明るい。伸びをしてからパソコンに向き直った。途中だった書類の作成に戻り、残業にならないよう手早く文字を打ち込んでいった。

予定通りに飲み会は行われた。久々の酒に気分も良くなり、折角なので追い酒するかとコンビニに寄って、発泡酒をふたつ買った。

外はすっかり暗い。闇の中で自分の白い息が浮き上がって見える。酒を飲んだせいで多少暑かった。コートの前を開け、冷えた空気を誘い込みつつゆっくり歩く。自転車と一台擦れ違った。機嫌の良い鼻歌が、同時に通りすぎていった。酒を飲むと、妙にまわりがよく見える。

灯りが漏れる民家の傍を通り抜け、狭い路地を曲がって真っ直ぐにアパートを目指した。今日は清瀬にも優しい対応ができそうだ、まあ帰ってるかもしれねえけど。それならそれでいいが、つまみになりそうな料理があるなら食べてやっても構わない。無駄に料理スキルが上がっているのは、毎日見ているのだから知っている。

考えつつ辿《たど》り着いたアパートの電気はついていなかった。帰ったのならそれでも問題はない。鍵を開けて中に入ると、しんとした暗闇に迎えられた。

冷えた料理はどうなっているだろう。電気をつけて確認するが、それらしいものは見当たらなかった。冷蔵庫にもなく、捨てた気配もない。なら持って帰ったのか、どっちでもいいが。

欠伸《あくび》を噛み殺しつつ鞄をどさりと置く。その瞬間に、あ、と声が漏れた。

「あいつ、財布ないんだった」

舌打ちをしながら鞄を引き寄せ、中から黒い財布を引っ張り出す。食事の会計は上司がしてくれたので、鞄の中身を見ることがなく、すっかり忘れていた。

一瞬スマホを取り出しかけたが、当然連絡先を知らなかった。引き返して警察に放り込もうかとも考えたが面倒だ。明日は捜しに来るかもしれない、その時に渡せばいいだろう。

小さな欠伸がひとつ出た。発泡酒は冷蔵庫で冷やし、シャワーを浴びてからさっさと布団に入って目を閉じた。

次の日の夜も、清瀬は来なかった。しばらく待ってみたが二十三時を回っても姿が見えなかったので眠り、翌日に財布と一応書置きを残して机に置いたまま出勤したが、帰っても清瀬はいなかった。

ついに諦めたのか、とは呑気《のんき》すぎる意見だとわかっている。視線は机の上に鎮座している財布に注がれた。これがないせいで困っているのだろう、推理するまでもなく明白だ。ということは、これを捨て去れば、清瀬隆から解放されるか？

数分考えてみるが、必ずしもそうではないと結論付ける。そのうちひょっこり顔を出して、財布をなくしたのでカードなどの事務処理や警察署巡りで時間がなかった、と言ってくる可能性は大いにある。ならそうやって来るまで待つか？　多分悪手だ、あいつの執着は異常だから、本当は俺の家にあったと知れば尚更俺にまとわりつくかもしれない。なら捨ててしまって、やってきた清瀬にも何も知らないという顔をするか。心情としてごめんだ、来るか来ないか不明瞭な日々に晒《さら》されるのはこの上なく面倒だ。

最も手っ取り早いのは警察に届ける、だが、三日経っているのに加えて自宅で拾ったのだから、何処で拾ったかいつ拾ったか持ち主からの報酬は必要かという諸々の手続きの答えを考えるのが中々疲れる。適当でも構わないだろうが、何かミスをして本当は窃盗したが怖くなって届けた、というような勘違いは絶対に避けたい。

……仕方がない。

深く溜息を吐いてから、清瀬の財布に手を伸ばす。中を開いてカード類を一式引きずり出し、とはいっても数は多くなかったが、一枚ずつ机の上に並べて確認する。スーパーのポイントカード、主婦かよ。何かの割引券、主婦かって。図書館カード、持ってそうだななんとなく。写真……写真？

夫婦のツーショットかと思ったが、加奈子単体の写真だ。どこかのレストランを背景に、美しく端整に笑っている。清潔感のある美人だなと改めて感じるがもう死人だ。写真を横に置き次のカードを隣に並べる。

運転免許証。これだ。

住所にさっと目を通してから、左上の顔写真に視線を移す。久し振りに見た清瀬隆だ。髪が肩に若干かかる程度の長さで、今の肩を越した伸び方を思い出して年月を感じた。静かな目と淡々とした表情はこんなところでもいつも通りだ。綺麗な顔立ち、いや整った顔立ちだとは思うが、これが俺のモノをしゃぶっていると考えてみても特別そそりはしない。口があるなら誰でもいい、とも言えるかもしれない。

記載の住所をメモに控えた。翌日急用があると上司に言えば、すんなりと通り意外だった。理由はあとでわかった。

職場を出ながら一度溜息を吐いた。面倒だが、ともすると好機かもしれないと思っての判断だった。住所を特定してしまえば俺からも意趣返しが出来る。今までは清瀬が俺の生活に踏み込んできたが、今度は俺があいつのテリトリーを荒らせるわけだ。面倒さは消えないが少し楽しくもなった。

スマホで最短ルートを検索し、何も知らない俺は、清瀬隆の家を目指して歩き始めた。

知らない住宅街はどこか他人行儀だ。職業柄知らない場所に行くことはままあるが、いつも拒絶されているように感じる。俺が郷に入ろうともしていないせいだが、そんなことはどうでもいい。

スマホと標識を照らし合わせながら進んできて、ある程度の位置までやってきたが清瀬という表札は中々見つからない。仕方なく、偶々玄関先から出てきた住人に声をかけた。表札には加藤《かとう》とある。怪訝《けげん》そうな顔で俺を見上げたが、友人である清瀬の家を捜しているといえば、何かを察したように眉を下げられ、一周忌ですものねえ、としんみりした口調で呟かれた。

おかげで思い出して肝が冷えた。清瀬隆の声が幻聴として届く。

……朝陽さん、貴方は徹底的に情が欠けていますよ。

黙った俺に加藤は不思議そうにしたが、共に悼む約束をしたのだと出来るだけ神妙に述べれば信用してくれたらしく、清瀬の家は教えてもらえた。

家の固まる一画の端に建つ、縦長の家屋だった。近くまでついてきた加藤に、都合で住人がいなくなり新品のまま建売だったものを買い取ったのが清瀬夫妻だと説明を受ける。遠くから移り住んできたとは聞いてます。そう呟けば、加藤は俺を友人だと完璧に信じたようで、勝手に情報を寄越し始めた。

加奈子の遺体を目にしたときの清瀬は酷い取り乱しようで、普段の淡々とした様子からはまったく想像ができなくて困惑したらしい。何故知っているのか聞けば、二人に身寄りがないからと町内会長が善意で清瀬に付き添って、病院まで足を運んだからだそうだ。

加藤は他にも、葬儀後数日は死人のような顔色で後を追うんじゃないかと心配だったが、今は帰りも遅いし仕事に打ち込んで忘れようとしてるのかもしれないとか、一時期途絶えていた料理の匂いがまたするようになったとか、加奈子さんは美人で隆さんは男前で、仲も良かったから本当に残念でとか、色々話してから去っていった。背中が見えなくなるまでは一応見送った。

さて。がしがしと後頭部を掻きつつ、清瀬家をさっと見上げる。人の気配はあまりなく、西向きのベランダには何も下がっていない物干し竿《ざお》が見切れている。普通の、特に何の変哲もない一軒家だ。さっさと済ませてしまおう。

一瞬ポストを見るが、インターホンを押した。普段ならば俺の家に来ていてもおかしくない時間だ、在宅の可能性は高い。いないならいないで、財布だけポストに放り込んで帰ればいいだろう。

しばらく待ってみるが応答はない。溜息を吐きつつ財布を取り出し、カード類を入れたかどうかだけ確かめてからポストに放り込もうとする、が。

その瞬間に扉が勢いよく開いた。中から飛び出してきたのは当然清瀬だったが、俺の知る姿とはまったく違った。

「なんだあんた、体調でも崩してたのか?」

ぼさぼさの髪、皺のついたシャツ、よれたジャージを指しての発言だった。死人でも見たように蒼《あお》ざめており、その不健康そうな顔色は病人のようだった。

呆然と見つめてくるので、舌打ちをしつつ財布を差し出した。清瀬は財布ではなく財布を持っている俺の手首をぐっと掴み、中、と掠れた声で呟いた。やっぱり風邪でもひいていたのかと思ったが直ぐに悟った。

清瀬の首には、紐《ひも》でも巻き付けて強く縛ったような痕が、くっきりと残っていた。

家の中は荒れていた。引きつつ中に踏み入って、リビングの奥にあったソファーに勝手に座る。手前の机にはパソコンがあり、横には本が積み上げられていた。経済学、哲学、心理学、詩集、文庫本とジャンルはばらばらだ。

清瀬はキッチンに佇《たたず》んでお茶を淹《い》れ始める。匂いで気付き、

「いらねえよ。出してもいいが、飲まない」

そう撥ね付けるがふっと息で笑われた。

「……でしょうね」

清瀬は落ち着きを取り戻していた。ぼさぼさだった髪もゴムでひとつにまとめられ、服も黒い無地のシャツにジーンズという出で立ちに着替えてきた。

出されたお茶は机の上が埋まっていて置けなかった。仕方なく手で持ち、反射で飲みそうになったが止める。本を横にずらし隙間を作ってからそこに置いた。零そうがこいつの家なので構わない。

「財布、ありがとうございます。捜してました、ずっと」

ぽつぽつと喋りながら、清瀬は茶を一口啜る。

「俺の部屋に落ちてた。さっさと捜しに来ればいいのに、脳に蛆《うじ》でもわいてんのかよ」

「行きました。貴方は不在で、財布もなくて。しばらく待ちましたよ、せやけど帰って来んし、もし外で落としてたらと思たら帰るまでも待てんから、……朝陽さん、貴方、持って出てたんですか？」

「ああ、警察にぶち込んでやるつもりだったが、すっかり忘れてた」

「意地悪いことせんでください……」

明らかに覇気がない。清瀬は痛むのか首を擦り、

「加奈子の写真をなくしてもうたと絶望して、思わず吊りました」

とぼんやりしながら呟いた。

行き違いで自殺されては俺も寝覚めが悪い。ついでに部屋もこいつも辛気臭い、張り合いがない。カーテンは閉め切ってあるし財布を捜したのか荒れているし、滞在したい状態ではない。

はあ、とわざと重たく息を吐いて、用事は済んだと立ち上がる。しかし清瀬は追い縋《すが》るように俺のジーンズを摑んだ。行くな、と切実そうに引き止められる。自分を恒常的に殴る相手に縋るのかよ、と若干呆《あき》れた。

「財布、いや加奈子の写真か。それだけのことで首まで吊るなんておかしいんじゃねえのか、あんた。まああんたがおかしいのはこの一年でよくわかってるが、それにしては常軌を逸してる。俺の知ったことじゃあないけど。財布も加奈子もあったんだからもういいだろ、ついでに俺も家を特定できたから、今度からは俺が嫌がらせに来られるってわけでもあるし……でも今日はもう行く、一人で一周忌偲《しの》んでろよ」

そこまで言って腕を振り払おうとするが、目を見開きながら見上げてくるので一旦止まった。なんだよと聞き返せば、いっしゅうき、と、一文字ずつ確かめるような速度で呟いた。

清瀬は首を左右に振ってから、はっとした顔で俺のジャケットを掴んだ。すばやくポケットに手をねじ込んでスマホを抜き取っていくので、咄嗟《とっさ》に手を捕まえ取り戻そうとする。清瀬は身を捻《ひね》りながらスマホを覗いた。かと思えば急に力をなくして、床に蹲る。動きが変則的でついていけず、丸まった背中に倒れ込む形で体勢を崩してしまった。

蹲った清瀬は動かず、スマホは簡単に取り返せた。何を見たのかと確認し、大きく表示された日付と時間に納得する。確かに一周忌だ、俺も加藤に言われて思い出したが、今日は清瀬加奈子が俺の目の前で飛んだ日なのだ。

「……忘れてたのか、もしかして」

動かない清瀬に声をかけると、大袈裟《おおげさ》に肩が跳ねた。否定するように首を振るがもう明白だった。

「あー……まあ、財布なくして慌ててたんなら、仕方ないんじゃねぇのか」

面倒なことになりそうで宥める方向にシフトした。清瀬はじっと黙っているので、更に続ける。

「俺も忘れてたわけだしな、人間ってやっぱ誰でも少しは薄情なんだろ。こういうのは周りのほうが気遣って覚えてるもんなんだ、今から墓でもなんでも行けばいいし、疲れてるなら明日でもいいだろ別に。じゃあ俺は帰」

清瀬の上から退《ひ》こうとした瞬間、凄い力で引っ張られた。押し倒す格好になり、どこかに頭を思い切りぶつけて重い痛みが走る。苛立って下にいる清瀬を睨み付けると、薄暗闇の中に浮かぶふたつの光が、既に俺を見上げていた。片腕を掴まれる。何をするのか、訝《いぶか》る暇もなく、俺の掌は首元に誘導された。何分か前には自らを殺そうとした男が、今度は人に殺してくれとねだり始める。無言の圧で。俺にならできるだろうと、俺しかいないのだと言わんばかりに。苛立ちが更に込み上げる、殆ど怒りになっていた。いつまで俺はこいつに振り回されるんだ、財布落としたのもわざとじゃないのか、何回も見に来ればよかっただろうが一人で空回った挙句勝手に一周忌を忘れてなんだそれは。

もう片方の手も首に当て、上から思い切り体重をかけた。掌の下で喉仏が行き場を失い沈んでいく。馬乗りになりながら指にも力を込めると下半身が一度大きく跳ねた。でも抵抗はしない、清瀬は黙って絞められて、じっとり暗い部屋の中、口元にいつもの笑みを浮かべている。

こいつずっと俺に殺されたかったのか。思いついた瞬間、絞める力が緩まった。

清瀬はひゅっと息を吸い込み、何度か咳き込んだ。してくれ、と掠れた声で懇願してくる。黙らせようと下腹部に膝を入れ、加減せずに体重をかけると濁った声で叫んだ。腹を押さえる姿を尻目に立ち上がり、解《ほど》けかけている髪を容赦なく鷲掴《わしづか》む。引っ張ってソファーに引き上げると何本か抜けた感触が伝わった。

再度体に乗り上げ、清瀬のジーンズに指を引っ掛ける。察したらしく体を捻って逃げ出そうとしたが許さなかった。力任せにジーンズを下着ごと引き摺り下ろし、暴れる体を従わせようと何度か殴った。それでも暴れるので髪を掴みソファーに面した壁に思い切り打ち付ける。脳震盪《のうしんとう》を起こしたのかやっと大人しくなり、ずるずるとソファーに体を預けた。ううう、と呻く体を自分側に引き戻す、膝立ちにさせてから足の間に膝を入れ込み割り開く。

いやや、とうなされるような声で清瀬が呻く。黙ってろ死にたがりのカス、俺を犯罪者にしようとするんじゃねえ死ぬなら勝手に飛び降りろよ俺の知らないところで勝手に死ねよそれができねえなら死にたくなる目に遭わせてやるよ、男に掘られるって最悪だろうなどうせ俺のサンドバッグだしなあんたは。暴言を吐き続けていると、清瀬はちがう、と搾り出して、首を左右に揺らめかせる。衣服を剝《は》げばまだ抵抗したが構わず引き戻し、大人しくなるまでと何度も殴っているうちに俺はずいぶん愉《たの》しくなっていた。

唾液で無理矢理押し入ると千切れるような絶叫が響いた。俺もまったくよくはなく、捩《ね》じ切られるかと思うほど強く絞られ痛みが走る。半分くらいまで入れたところで背中に圧《の》し掛かった。汗が張り付き不快になるが、伸ばした腕を前に回して体を弄《まさぐ》った。胸元に掌を滑らせて、反応を見ながら徐々に触る位置を下へずらす。不能だろうがどこかに性感帯はあるだろう、力を抜かせないとこれ以上どうにもならない。そう判断しての行動だったが、清瀬の嫌がり方は激しくなる。うるせえよ黙ってろ、耳に嚙み付きながら言えば、ほんまにちがう、と掠れて焦った声が止めてきて、手首を強い力で摑まれた。でも遅かった。俺は何が起こったのかわからなかった。

体を離し、ソファーにぐったりと横たわる清瀬を放ってスイッチを探した。電気がつくと明るさに眩《くら》んだが、ソファー側へと向けていた視線はすぐにそれを捉えた。

観念したように仰向けになった清瀬に歩み寄る。背筋の粟立《あわだ》ちを悟られないよう慎重に口を開くが清瀬のほうが早かった。

「不能やって、ゆうたやないですか、……朝陽さん」

思わず息を呑んだ。清瀬は自嘲気味に笑って目を閉じ、やったのも加奈子です、と掠れた声で付け足した。

「……あんたら夫婦本当におかしいよ」

声はからからに乾いていた。清瀬は首を横に振り、続けたいならどうぞ、と投げやりに言った。当然そんな気分は消え去った。

生殖器のない男の体を前にして、俺は呆然と突っ立ったままでいた。

清瀬隆

― 前口上 ―

私が清瀬姓になったのは四歳の頃だ。元の苗字《みょうじ》は今更言いたくもない。私は孤児で、一歳頃から施設にいた。引き取ってくれた家族が清瀬家で、私はその日から清瀬隆になった。

清瀬家にははじめから小学生の娘がいた。突然やってきた弟に喜び、はしゃぎ、ずいぶん可愛《かわい》がってくれた。加奈子はひとりっこで、暇をしていた。だから一緒に遊べる兄弟が欲しかったのだ、そして施設内で一番年下だった私が選ばれた。

加奈子は、いいや小学生時代の子供は、知識が乏しくて無邪気に残酷だ。本当は妹が欲しかったらしい。当時四歳の私はそれを知らなかったし、同じように無邪気で残酷で、無知だった。

おいしゃさんごっこがしたいと言われて、言われるままに服を脱いだ。七歳だった加奈子が小さな手に握っていた鋏《はさみ》は迷いなく私の。

―― 前 ――

線路に飛び降りて飛び散った。そう連絡を受けたとき、何が起こったのかわからず、ただ部屋の中で立ち尽くしていた。握り締めたままのスマートフォンからは聞こえていますか、大丈夫ですか、清瀬さん、と呼び掛ける声が続いていて、窓の向こうでは雪が音もなく降り注いで白くなり、冬が思いのほか濃いのだな、と冷静さを探すように思い浮かべてから大丈夫です聞こえています向かいます、と早口で答えた。

一年前の話だ。そう、一年が経ってしまっていた。徹底的に情が欠けているのはあの人ではなく私のほうだった。

吹き付ける寒風が鋭い。今年はまだ雪の降る日を見ていないが、去年はよく降った。加奈子が死んだ日はどうだったか。

仕事を終えてからようやく加奈子の墓を訪ねた。花を添えて、一時間ほど佇《たたず》んでから、墓地を出た。何を語ればいいのかわからなかった。あの墓はただの飾りで、加奈子はもういないのだ。私は彼女の命日を忘れるほど狼狽《うろた》えていて、彼女に顔向けができないほど朝陽大輝を責め続けている。

朝陽大輝。今日も彼の家に行かねばならない。しかしもう終わるのかもしれない。彼は私の、私達の関係を、少しずつ疑い始めている。

アパートの手前で立ち止まる。彼の部屋に電気はついていた。数分、何をするでもなくその光をぼんやりと見つめた。寒さに痺《しび》れた脳はろくな像を結ばなかった。


「……来たのか、懲りないなあんたも」

朝陽はスマホでなにかの動画を観ながらコンビニ弁当を食べていた。無言で部屋に入り、持ってきた材料を調理台に置く。調味料は家で下拵《したごしら》えをしてから持ってくることがほとんどだが、それもあって朝陽は余計に箸をつけないのだろう。

キーマカレーの調理法を覚えたので試しに作り、弁当を不味《まず》そうに掻き込む彼の前に差し出した。形のいい目が一瞬料理に注がれるが、直《す》ぐに弁当に戻る。無視はされたが、捨てる気配もない。

気を遣われているのかもしれない。ゆっくり背筋が冷えていく。朝陽が捨てないのならばと皿を摑むと、再び視線で牽制《けんせい》される。

「……、食べるんですか」

問えば、まさか、と鼻で笑いながら告げてくる。

「あんたの料理をあんたの目の前で捨てるのが俺の楽しみなんだよ。今は忙しいんだ、そこ置いとけ不能野郎」

はあ、と吐いた息は安堵《あんど》の意味合いが強かった。朝陽は別の意味で受け取ったらしく、嫌なら来なければいいと付け加えた。

弁当が空になったあと、料理はいつも通りゴミ箱に捨てられた。朝陽は煙草《たばこ》を吸いながらスマホを弄《いじ》っていたが、不意に手を下ろして私を見た。

「加奈子がやりました、って言ってたけど、あいつが故意にちょん切った、ってことか？」

思わず口を閉じる。朝陽はじっと見つめてくる。

昨日彼は不能の理由を知った。私達夫婦をおかしいと指摘し、気味が悪いと吐き捨てて帰って行った。

「……、本当に知りたいですか？」

「そりゃあな、去勢手術したってわけでもねえだろその傷口なら」

頷《うなず》いてから姿勢を正した。朝陽は煙草を潰し、机に頬杖をつきながら、私の顔、首元胸元、下半身へと視線を滑らせ、嫌そうに眉を顰《ひそ》めた。

「ほな、……俺と加奈子の出会いから、話す必要があります」

「ＳＭバーででも出会ったのかよ」

「違いますよ。俺は四歳、加奈子は七歳でした」

朝陽の眉間に皺《しわ》が増える。笑みを向けてから、子供は残酷なので、と間に挟んだ。

「孤児だったんですよ。清瀬家に養子として引き取られて、清瀬になりました。端的に言えば加奈子は血の繋がらない姉になります。彼女は本当は妹が欲しかった、せやから」

「待て、情報がおかしいだろ」

言葉を止めると朝陽は舌打ちをして、

「じゃあ、夫婦だったってのは嘘なのか？」

と聞いてきた。

「嘘ではありません。でも籍が入っていたわけではなく、俺と加奈子は事実婚状態でした。近所の方にも夫婦だと伝えてましたしね。……朝陽さん、貴方《あなた》にはいつやったかお話ししましたが、俺達は駆け落ち同然に出てきました。それは」

「血は繋がってなくても姉弟《きょうだい》だから認められずやむなく、ってことか」

首肯してから、煙草を取り出し一本咥《くわ》える。

「七歳だった加奈子は妹が欲しかった。それで、モノがなければ女の子になる、と思ったそうです」

左手でチョキを作り二本指を開閉すると、朝陽は盛大に溜息を吐いた。

「直ぐ縫合すればどうにかなったんじゃねえの」

「両親が知ったのは翌日だったので」

「……切ったブツは？」

「生ゴミですよ。加奈子が捨ててしまったそうです。俺は痛みに悶絶《もんぜつ》して意識を失ってました、両親はお昼寝やと思てたらしいです」

ふっと煙を吐き出し、伸ばしていた背筋から力を抜く。朝陽は嫌そうな顔をしたまま新しい煙草を引き出した。しかし火は着けず、指先に挟んだまま思案するような目付きをした。

この人の目は、確かにどこかしら、人を惹きつけるような魅力があった。加奈子はそこに光芒《こうぼう》を見たのかもしれない。私と彼女では成せないことに対する、希望に似たなにかを。

「あんたらマジでおかしいんだな」

朝陽の独り言めいた呟《つぶや》きに笑みを返す。彼は煙草に火を着けてから、立ち上った煙を扇《あお》いで払った。

「大体の経緯は以上です。帰ります」

煙草を灰皿に潰して立ち上がると、朝陽はひらりと片手を上げた。挙手の意思表示らしかった。どうぞ、と促せば、彼は視線をぐるりと回してから、私へと定めた。

「今日職場で、同僚と話してな」

「同僚？」

「ああ。俺に、加奈子が既婚者だ、って教えたやつ」

……そこか。座り直して見つめ返すと、煙を吐きかけてきた。

「不思議だったんだよ。旦那本人からの告発を告げ口した、って雰囲気じゃなかったし、知人から聞いたんですけど、って口振りだった。友達じゃなくて知人か。でもあんたが旦那本人とは知らないってことは、仕事関係の知人、ってのが有力かと思ってな」

「ええ、そうです」

朝陽は灰を落としながら、受け持ちは、と興味もなさそうに聞いてきた。

「養護教諭です」

答えると、中学教師は口角を吊《つ》り上げた。


「ねえ隆。精子欲しい人、見つかったかも」

思い掛けない台詞《せりふ》に狼狽《ろうばい》する私を置き去りに、加奈子は嬉しそうに朝陽大輝の話を続けた。血は繋がっていないのだから子を生《な》しても問題はない。しかし私にはそうすることができない、それは子供の頃からよくわかっていた。

加奈子はわがままだった。好き嫌いが多く、彼女の目に適う相手は現れないだろうと高をくくっていた挙句が、これだった。朝陽大輝をひどく憎んだ。今も憎んでいる。けれども万が一、万が一本当に子供ができたのなら、朝陽大輝が一定の理解を示して協力してくれるのなら、それでもいいとは思っていた。

朝陽と加奈子は順調に交際していた。私はいやでも感じ取っていた。加奈子が私と共にいるのは、罪滅ぼしの割合が少なくない。愛してるとは言ってくれて、甘く過ごす時間も当然あったが、彼女は時折姉の顔をした。

けれど朝陽大輝の話をしているときは違った。加奈子は朝陽を好きだった、あれは確実な恋情だった。

だから朝陽大輝が嫌いだった。今でも嫌いだ。しかし育ての親を捨て、血の繋がった両親も行方不明で、姉であり妻であった加奈子を亡くした今、私には朝陽大輝しかいなかった。大嫌いな男たったひとりしか残っていなかった。

職場である小学校に朝陽がやってきたのは、春の気配が微《かす》かに見え始めた時だった。部屋には変わらず訪れ、暴力を受けたり口を使わされたりしていたが、ここで会うとは思わず動揺を隠せなかった。

あちらは仕事用の顔をしていた。隣には中学生を連れており、保健室で眠っている生徒を迎えに来たと、礼儀正しい口振りで説明をした。

「……お聞きしてます、養護の清瀬です」

「どうも、朝陽と申します」

朝陽と中学生を連れて保健室に向かった。ベッドで眠る生徒とこの中学生は兄弟らしい。弟が急に体調を崩したが、親は迎えに来られず、親から兄へと連絡が回ったらしい。しかし自転車に二人乗りさせるわけにもいかない。そのため、やむなく待機時間だった朝陽が同行した、という流れだ。

朝陽は兄弟二人を連れ、小学校からは直ぐに消えた。私と朝陽は大したやりとりもしなかったが、肝は冷えた。二度と来ないで欲しい。彼とは二人きりでしか会いたくはない。それに、もうすぐ終わるはずだ。

帰り支度の最中、朝陽を見ていた若い女性教師に生徒の父親かと問われた。説明すると目を輝かせ、紹介してもらえないかと詰め寄られた。今日が初対面だと伝えれば残念そうだったが、諦めた風ではなかった。

朝陽大輝は女性に魅力的だと思われるのだろう。加奈子もその一人だった、そう思うと胃の辺りが引き攣《つ》るように不快になった。加奈子がその他大勢に埋没することが許せなかった。


「朝陽さん。俺の同僚が貴方を紹介して欲しい、と言っていました」

アパートを訪れ開口一番に伝えると、あからさまに面倒そうな顔をされた。

「恋人はしばらくいい、あんたのことを説明するのが面倒だ。あんたが来なくなったら考える」

奇妙な言い分だった。そこそこの美人だとも付け足してみるが、追い払うように片手を振られる。

話はそこで打ち切り料理を作った。出した焼きそばを朝陽は数秒眺めていたが、皿を持って立ち上がり、流し台へと向かった。べちゃ、と無残な音がして、焼きそばは廃棄物に変わった。

座っている私に背を向けたまま、朝陽は流しの前に佇んでいた。背中をぼんやり見つめ、今なら殺せるだろうか、と考えてから、でも死にたいのは自分か、と自嘲した。ポケットに財布がきちんとあるのを確かめる。加奈子はあまり写真が好きじゃなかった。だから、この一枚しか持っていない。これしかよすががない、私を動かすものがない。いや慰めでもないのかもしれない。朝陽に求めているのは破壊だ。どういう形になったとしても、私を殺す理由はこの人が作らなければならない。

視界の中に影が差す。はっとして見上げると、朝陽の冷たい視線にぶつかった。いつものかと、直ぐに察した。腕を伸ばしてベルトに指をかけるが、手首を掴んで阻まれた。

「なんですか」

「俺は脱がせなくていい、お前が脱げ」

え、と間抜けな声が漏れる。朝陽は目を光らせて、脱げ、と噛んで含めるように繰り返した。

「い、やです」

「は？　あんたの是非なんか聞いてねえ。早くしろ耳にクソでも詰まってんのかよ」

急かすように肩口を蹴られ、よろけて後ろ手をつく。その間に朝陽は胡坐《あぐら》をかいて、黙ったままこちらを睨《にら》んだ。わけがわからない。しかし抗えない。落ち着こうと吐き出した息は情けなくも震えていた。

小学生の頃、私に局部がないということが不意の事故で知れ渡り、ずいぶんといじめられた。羽交い絞めにされて下を剝《は》がれ、クラスの笑い者にされ、或《ある》いは気味が悪いと奇異の目を向けられた。加奈子が小学生の間は庇《かば》ってくれたが、中学にいってしまってからは地獄だった。

加奈子は唯一の存在だった。よく謝り、抱き締めて慰めてくれた。自分のせいでごめんね、一生守ってあげるからね。その言葉に何度も救われていた。私を受け入れてくれるのは加奈子しかいなかった、加奈子しかいないのだと。

「おい」

ベルトに手をかけたまま動かない私に痺れを切らしたらしく、朝陽が身を乗り出してきた。

「一回見てんだ、ねえことはもうわかってんだよ。モノがないなら素股もできそうだからダッチワイフ代わりになれって話をしてんだ、後ろは無駄に痛いからもうごめんだけどな」

話しながらがちゃがちゃとベルトを外し、スラックスを脱がしにかかってくる。待て、と焦り気味の声が漏れるが意に介した様子はない。

春が近いとはいえ、剝《む》かれると寒かった。朝陽は私をうつ伏せに転がしてから太腿《ふともも》にローションを塗り始める。閉じた腿の間に突っ込まれると奇妙な感覚が走った。性的な快感というものが私はわからない。だから、太腿の間を往復するだけで快楽が得られるのかどうかも、体験として知りようがない。

背後で朝陽の息遣いが聞こえる。肉のぶつかる音もだ。加奈子もこのようにされたことがあるだろうか。加奈子。私が生きる理由だった、私を唯一愛してくれた加奈子。ぎゅっと目を閉じると皮膚感覚が鋭くなった。足が熱い、気持ち悪い、加奈子、こいつのどこがよかったんや。朝陽大輝のどこが。

ぐっと後ろ髪を摑まれる。乱暴に引っ張られて思わず呻《うめ》いた。首を振ると離されたが、掌は肩に移動した。仰向けに寝かし直され照明が一瞬網膜を焼く、その手前には影になった朝陽大輝がいる。姿は水の中にいるようにぼやけていた。私はいつのまにか泣いていた。

朝陽は面倒そうに舌打ちをし、膝裏を摑んで固定してから、太腿よりも奥、本来なら局部がある箇所に熱を擦《こす》り付けた。口から呻きとも喘《あえ》ぎともつかない呼吸が漏れて、堪《たま》らず腕で顔を覆い隠した。加奈子。搾り出すと、虫唾《むしず》が走ると言いたげに、大腿部を拳で叩かれた。

「女みてえな反応すんなよ、気持ち悪い……」

詰《なじ》られながら道具として扱われた。でも、ただただ、道具だった。朝陽は体については詰らず、精を下腹部に吐き出すと、どうでもよさそうに離れていった。

浴室に向かった朝陽の背を呆然《ぼうぜん》と見送った。それからうつ伏せになって蹲《うずくま》り、声を殺しながら泣いた。

加奈子を死なせた朝陽大輝が大嫌いだ。

でも彼は、初めて不能の理由を笑わなかった他人だ。

ねえ隆。加奈子のやわらかな声は毎日のように思い出された。

酷いことをしてごめんね、一生守ってあげるからね。やさしく歌うように加奈子は話す。あなたがはじめから女の子だったらよかったけど、男の子でも好きだよ。ずっと一緒にいてあげるね、あなたは男の子として不能だけど、私だけはずうっと味方だからね。

隆がいじめられたのは私のせいだね。ごめんね、ちゃんと女の子にしてあげればよかったのかなあ。男の子として情けないって思ってるよね、ごめんね。隆、泣かないで、ずっと一緒にいて守ってあげるから。ずっと隆を愛してあげるから。そんな体だから彼女なんてできないでしょう、また笑われていじめられるよ、心配しないで私がいるじゃない、告白してくれたっていう子もそんなの見たら逃げちゃうよ、隆が傷つくのなんて嫌だから断って、だいじょうぶだよずっと一緒だから。あなたは私のものだから。ずっと。一生。いつか私が死んでも。

— 中 —

加奈子が死んだあと、朝陽大輝の元を訪れる気はなかった。静かに悼んでから、首を吊って死のうとロープを買った。けれど思い直した。私の手元にはまだ加奈子がいた。財布に忍ばせていた写真と、加奈子の入った骨壺が、家にはまだあった。
だから死なずに生きていた。私のすべてだった人を奪った朝陽大輝に復讐《ふくしゅう》しようと思うことができた。

春はお互いに行事が多く忙しい。朝陽も私も、顔を合わせても疲れていることが増え、訪問のタイミングが何度か消えた。気付けば一週間ほど朝陽の顔を見ていなかった。

その日も学校から直帰し自宅に戻った。加奈子の部屋にまず寄って、クローゼットから取り出した骨壺の中身を確かめる。骨の塊をひとつ取り出して電灯の前に透かしてみれば、ぱらぱらと白い灰が散った。

それを持ってキッチンに向かった。すり鉢に骨を放り込んで叩くと簡単に砕け散り、ほとんど粉のようになる。何度もこの作業を行った。混ぜすぎると勘付かれる可能性があり、ふたつまみほどしか加えることはできない。

朝陽に作る料理の調味料には毎回これを入れている。そうしようと決めたのは、流しに捨てた和風パスタの上に、煙草の灰を振り掛ける朝陽を見た時だ。散った灰を眺めているうちに思い至った。名案だと思った。

実質的に、朝陽への嫌がらせというのは、これだ。毎回通うことではない。

加奈子が自殺したのは、私の告げ口が起因だと理解している。朝陽を恨んで憎んでも、結局は自分に跳ね返る呪詛《じゅそ》だった。

だから朝陽にも加奈子を殺させる。そのために骨を混ぜ、捨てさせて、少しずつ少しずつ、あの人にも罪を着せている。

誂《あつら》えた調味料をパックに詰めているとインターホンが鳴った。カメラで訪問客を確認し、一瞬迷った。

朝陽大輝がつまらなさそうな顔をしながら立っていたからだ。

「いるんじゃねえか、さっさと開けろよストーカー保健医」

「……何の用ですか？」

扉を開けた私の横をすり抜け、朝陽は家の中に遠慮なく入ってくる。仕方なく後を追い、キッチンの上をざっと片付けてから飲まれないお茶を淹《い》れた。部屋は前回よりも片付けてあるが、ソファー前の机だけは私の作業場もかねているため、本が山積みになっている。ソファーに行儀悪く座っている朝陽を促し、ダイニングテーブルに移動させた。彼は煎茶に視線を落としたがやはり手はつけない。養護教諭だと判明したので余計だろう。小学校の保健室と言えど、混入しやすい薬はいくつもある。持ち出してもそう見つかりはしない、私の城なのだから。

朝陽は背凭《せもた》れに深く背を預けながら、忙しいな、と同業者らしい言葉を口に出した。

「……そんなしょうもない話をしにきたんか？」

「あ？　単純に忙しいから忙しいって言っただけだ」

「仕事の話をするような間柄でしたか」

「学校で会えばな」

ふんと鼻で笑われる。相変わらず横柄で暴力的で情が薄い、会えば会うほど加奈子が惹かれた理由がわからない。苛立《いらだ》ちが募る。

「……、なにか作りますよ」

言いながら席を立ち、キッチンへと身を滑り込ませた。先程作った調味料を出して中を覗き、灰が紛れてわからないと確認してから調理台に置く。

無言で調理をしている間、朝陽はスマートフォンを操作していた。数分もすれば飽きたのか立ち上がり、勝手に部屋の中をうろつき始める。

「朝陽さん」

牽制のつもりで声をかけるが、二階に続く階段へ向かい出したので慌てて追い掛けた。

「うろつくな、何処《どこ》に行くんや」

肩を摑んで引き戻すと、舌打ちと共に腕を払われる。

「加奈子の部屋。あるだろ」

「……そら、ありますけど」

朝陽はにやり、と音がしそうな笑みを浮かべた。阻止しようと身を乗り出した瞬間、思い切り下腹部を蹴りつけられた。内臓がねじれるような激痛が走り、一瞬視界が明滅する。

痛みに呻いてよろけている間に、朝陽は階段を上っていく。

腹を押さえながら追い掛けて、部屋をひとつずつ覗く朝陽に後ろから飛び掛かった。

「あかん、何処にも入るな！」

返事の代わりに肘《ひじ》で肋骨《ろっこつ》を抉《えぐ》られる。それでも離さず引き摺《ず》ろうと力を込めれば、朝陽はふっと顔を俯《うつむ》かせた。次の瞬間には勢いよく上がった。

頭同士のぶつかる鈍い音が響き、目の中にははっきりと星が散った。朝陽の服に掴まりながらなんとか立ったまま堪《こら》えたが、視界が痛みと衝撃の余韻でぐるぐる揺れている。覚《おぼ》束《つか》無い状態でいるうちに胸倉を掴んで引き摺られた。投げるように突き放され、抵抗できず転がったところではっとした。加奈子の部屋の景色だった。

朝陽は部屋の中を見渡してから、私を睥睨《へいげい》した。視線を合わせたままじりじりと体を動かし、加奈子のベッドに腕を引っ掛け乗り上げる。爪先がこちらを向いた。来るな、と先に牽制するが、朝陽は面白そうにしながら見下ろしてくる。

「ああ、加奈子の部屋で滅多なことはすんな、って？」

その通りだった。一縷《いちる》の望みをかけて頷くが、朝陽はあっさり笑い飛ばした。

わかっていた。朝陽大輝はこういう人間だ。やたらと暴力に手馴《てな》れており、私をサンドバッグと捉えている。

逃げよう、と一瞬思うが、クローゼット内の骨壺のほうが重要だった。荒らされる前に好きにさせるしかないか。

ベッドに座り込んだまま、じっと立っている姿を見る。断腸の思いで受け入れようとした瞬間、朝陽は興味をなくしたように視線を投げた。

「この部屋、加奈子の部屋、って雰囲気があるな。……俺も嫌だわ、ソファーのほうがマシだ」

朝陽は呆気《あっけ》に取られる私を置いて階下に戻っていく。

遠ざかる足音を聞きながら、常に掃除をしている部屋を軽く見回した。女性用の服やバッグ、化粧ポーチの置かれた机。クローゼットには上着類と、たくさんの衣類と、彼女の骨壺。壁に下がった小物入れにはアクセサリーがいくつも入っている。

焦げてるぞ、と朝陽の声が響いた。はっとして立ち上がりキッチンに慌てて滑り込めば、加熱を止める朝陽の姿があった。

「何作ってたんだこれ。燃えるゴミか？」

朝陽はフライパンを持ち、勝手に中身をゴミ袋の中にぶちまけた。

「……煮込みハンバーグの予定でした」

「ふーん」

焦げ目の残ったフライパンを流しに投げ置いてから、朝陽は玄関に向かい始めた。

「朝陽さん、本当に何をしにきたんですか」

後を追いながら問い掛ける。朝陽は肩越しに振り返り、なにかを考えるように斜め上を見たが、なにも言わずに出て行った。

不可解だった。けれど彼が教える気がないのであれば、知りようがない。人の心は誰にも読めない。

しばらく朝陽の出て行った扉を見つめていた。家の中にはソースの焦げた臭いと、平坦な静寂が漂っていた。


養護の資格を取ってから、遠くの小学校の採用試験を密《ひそ》かに受けた。採用が決まり、両親に黙って、加奈子と共に家を出た。

姉弟として過ごしている間、加奈子は幾度となく一緒に家を出ようと言ってきた。私にはそれを叶《かな》える必要があった、一緒でないのなら一人でいくという加奈子に縋《すが》って、ひとりになるのは嫌だと訴えた。

決定的に差別されたわけではなかったが、両親はやはり加奈子のほうを大切にしていた。

加奈子が教えてくれた。両親も不能になった養子をどう扱えばいいか悩んでいる、二人は私だけにものを買ったりして明らかに贔屓《ひいき》している、だからいつか一緒に家を出ようね、私がずっと一緒にいてあげるからね。

加奈子にやさしく微笑《ほほえ》まれると安心した。

私には加奈子しかいなかった、ずっとずっと昔から。

行事が一段落してから、また朝陽のアパートに毎日通うようになった。彼は相変わらず面倒そうにし、料理という名の加奈子の遺骨を捨て、腹の虫が悪ければ私を痛めつけた。骨はあと少しだった。綺麗《きれい》になくなってしまってから朝陽にすべてを打ち明けるのが楽しみだった。傍若無人で人間として不能であるこの人がどんな顔でそれを聞くのか、勿体《もったい》無くて想像もしていない。そこまで終えれば私も満足して死ねる。加奈子を殺した朝陽大輝のせいで、もう一人この世からいなくなる。何もかもをあの人のせいにする。そうするしかない、加奈子のためにも自分のためにも。

一応の休日である日曜日、朝陽がまた私の家までやってきた。訪問の意図はやはりわからなかったが、追い返すのも不自然で招き入れた。作った料理を捨てさせるだけなら、自宅に来られようが構わない。下準備は済ませている。

朝陽は私の動きには目もくれず、家に入るなりまた勝手に中を徘徊《はいかい》し始めた。二階に上がろうとすれば止めさせるつもりだったが、その気配は特になく、ソファー付近を眺めてから一階をうろつき、物置になっている小部屋を覗いてから、浴室に足を向けた。

慌てて声をかける。無法にも程がある上に、

「ああ、ここで吊ったのかあんた」

……懸念をそのまま突きつけられ、何も返せず口を閉じた。浴室には洗濯物を干せるように物干し竿《ざお》が据えられている。それは今、冬に吊ろうとした私のせいで曲がっていた。そのままにしてあったのは変える意味もないからだ。

「ドアノブで吊る方法、知らねえのかあんた」

「……後で知りました」

答えつつ歩み寄り、浴室の前に佇む朝陽の肩を摑む。掃除もまだで冷えた湯が張ったままだ。汚れた湿気の匂いが立ち込めている。

肩を摑む手を払われた。かと思ったが、手首を摑まれ強く引っ張られた。不意の動きに驚いてよろけると、間髪入れずに背中を蹴られる。浴槽の縁に額をぶつけて視界がぐらりと揺れた。その間に、後ろから髪を摑まれた。

この人から暴力を受けること自体はいつも通りだ。痛む額を自由な手で軽く擦《さす》るが出血はない、今日はここで相手をしろとでも言うのだろうか。

「加奈子はこの家を気に入ってただろうな。実家では、どう暮らしてた？」

考えに反して、意図のわからない問いが飛んできた。答える必要は感じない。黙っていると溜息が聞こえた。とても面倒臭そうだった。

「まあ、弱らせるか……」

「は……？　うっ！」

浴槽の縁に思い切り頭を叩き付けられる。狙ったのか、先程打ち付けた箇所と同じだ。二度目の痛みに呻いているとまた同じ質問が耳元で繰り返された。普通に暮らしてました、と今度は答える。朝陽は鼻で笑う。答えになってねえんだよストーカー野郎と言ってから、ぐっと髪を上に引く。痛みから逃れようと自分の体が無意識に浮き、縁に両手を置いた瞬間、後頭部を髪ごと鷲摑《わしづか》みにされる。

一瞬何をされたのかわからなかった。視界が濁り、吐いた息がごぼりと音を立てて気泡になった。片腕を動かし背後にいるはずの朝陽を捜す。昨晩の残り湯は冷たい。息を詰めて堪えるが、片腕を捻《ひね》って固定されると痛みが走り、我慢できずに口が開いた。ぼこぼこと空気が漏れていく。

息が続かない、酸素が吸えない。恐怖を覚えたタイミングで引き上げられた。咳《せ》き込みながら首を動かし肩越しに朝陽を睨みつける。口角が面白そうに吊り上がり、暗い口内から同じ質問が吐き出される。

「げほっ、せやから、普通に、姉弟として、すごして……」

「普通に暮らしてたんなら、普通の親だったんだろ。置いて来る必要なんかなかったんじゃねえのかって、俺は聞いてるんだ」

「なんでそんな話を貴方に」

話している最中に再び沈められた。逃れようともがくが片手を更に捻られて動きがままならない。朝陽は私の酸素が切れる頃合に残り湯から引き上げ、また同じ問いをする。他に答えようもなく同じ返答をすれば、再び沈められる。

今度は吐ける酸素がなくなっても引き上げて貰《もら》えなかった。片腕を縁について水面に上がろうとするが背中に圧し掛かって来られて身動きがとれない。恐怖で半ば混乱した。苦しくて酸素が欲しくて吸い込むが濁った味の残り湯しか入ってこない。

死ぬ、と過《よ》ぎった瞬間、体から力が抜けた。そのまま自然に目も閉じた。

「おい、起きろ」

消えかけた意識の中に冷酷な声が響いた。ふっと体が浮いて、次に鈍い衝撃があった。

「っ、ゲホッ！　うぇっ、」

風呂場のタイルに飲んだ水を吐き出した。引き上げられて転がされたのかと、鈍くも理解し視線を動かす。像を結ぶ前に背中を蹴られ、続く衝撃を予想しタイルの上に蹲るが、それ以上の攻撃は来なかった。

視界はぼやけていた。どうにか頭を揺らし、背後を見た。天井を背にして佇む朝陽大輝は、無表情で指に絡んだ長い髪を取っていた。

「親はあんたらを心配してると思うぞ」

朝陽はぶっきらぼうに告げてから、近くにしゃがみ込んで来た。

「姉弟だけど結婚の意志があるって話に、親はなんて言ったんだ？」

ぼんやりする。髪を再び掴まれるが、既にあまり痛みがない。結婚。加奈子は、一緒に家を出ようと。親は加奈子が私と共にいることを反対してきたと、加奈子が言った。加奈子はいつも私が傷つかないようにしてくれていた。局部がないと知れ渡ったのも、加奈子が説明しようとしてくれたことが、悪い展開になっただけで、彼女は泣きながら何度も謝ってくれて私は彼女に救われていたし加奈子と夫婦になって家を出てここで暮らし始め、幸せだったのに貴方が、朝陽さんがいたせいで、

「わかった、もういい」

朝陽は私の髪を離し、風呂場を出て行った。足音が振動と共に響く。玄関扉の開閉がなされ、家の中はしんとした。朝陽の気配は消えていて、私は風呂場のタイルに仰向けに転がって、加奈子、ともういない妻で姉である彼女の名前を呟き、しばらくの間過去の思い出に浸《つ》かっていた。

高校の頃、加奈子は成長した私を褒めてくれた。顔も綺麗だし、背も伸びたねと言って、不能についてだけは残念だけどちゃんと成長したからいらなかったのかもねと言った。隆が女の子じゃなかったのがいけないんだし、と続けられて、私は謝った。加奈子は責めてるわけじゃないよと、気にすることなんかないって意味だからね、私はあなたのこと好きだから、ずっと守ってあげるね、いつまでも私が隆の味方でいるからと、優しく甘く囁《ささや》いてくれて私は頷いた。不能であるのは私が悪かった。加奈子のせいではない。守ってくれる、私は加奈子がいればそれでいい、優しく抱き締められて本当に幸福だった。幸福なままでいたかった、いられると思っていた、加奈子を愛していたし加奈子だけしか私にはいない、今でも、これからも、絶対に。

遠くの山々が芽ぐんで青い、新緑の季節になる。それでも変わらず通い、朝陽に遺骨を捨てさせ続けた。職場で怪我をした児童の手当てをしながら、養護になったのは何故だったかふと考えたが、加奈子が似合うと言ってくれたからだと思い当たって安心した。

彼女はいつでも私のそばにいると思えた。すべて終われば、加奈子の待つ場所へ行ける。わざと朝陽の前で死ぬのも良いかもしれない。あの冷血な男がそれで動揺するとは思えないが、部屋を事故物件にくらいはできる。

帰宅後、支度をしてから家を出た。外はまだ仄《ほの》明るい、日が段々と長くなってゆく。じりじりと夜になる景色の中を歩いた。自転車と擦れ違い、人の姿は減っていく。通い慣れた道程にはなんの感慨もない。どこかで車のクラクションが聞こえる。

合鍵を使って部屋に入った。朝陽はパソコンを操作していたが私を認めるとすぐに閉じた。殴るだろうか。しゃぶれと言うだろうか。数秒見つめるが、朝陽は口を開かず煙草を咥えた。なので、そのまま台所に立った。

「加奈子の手料理は美味《うま》かったか？」

背中に質問を投げつけられる。振り向かず、

「いえ、家事はほとんど俺がします」

と答えた。

「……料理スキル上がってんなと思ったが、元々か」

「加奈子に喜んで欲しかったので。朝陽さん、貴方のような徹底的に情のない人にはわからんかも知れんけど」

「わからねえな、彼女の喜ぶ顔が見たい、って思ったことは、確かにない。加奈子にも、加奈子以外にも」

朝陽は珍しく自分の話をする。そうですか、と相槌《あいづち》をしながら、作っておいたトマトソースを取り出し温める。その間に鶏胸肉を焼いた。油と肉の焼ける匂いの中に、背後から漂ってきた紫煙の香りが混じった。

風呂に沈められたことをふと思い出した。朝陽はあれからも私を殴り、あるいは性欲処理に使い、加奈子や両親について何度か聞いてきた。訪問を始めた頃は私が朝陽から加奈子との思い出を聞くほうが多かった。ホテルのベッドでどう過ごしたか、デート先でどのような甘い会話をしたか、そんな話を聞きながら、私は朝陽を日々憎み続けてきた。

仕上がったチキンステーキを、机に頬杖をつく朝陽の前に差し出した。彼は眠そうにそれを眺めていた。弁当はもう食べていたらしく、空の容器がパソコンの横に放ってあった。捨てないのだろうかと思っていると、彼は不意に箸を持った。

「あんた、料理スキルは元々とは言っても、マジで上がり続けてるな」

朝陽は頰杖をついたまま、箸の先をチキンに突き刺す。

「食ってやろうか」

「……え？」

聞き返すと、不敵な笑みが返された。

「あんたさ、加奈子の話しかすることねえから、色々と教えてきただろ」

朝陽は箸先で肉を器用に切り分け、トマトソースを絡めながら更に喋《しゃべ》る。

「置いてきた両親は加奈子が死んだって知ってるのか？」

「……いいえ」

「だろうな」

何が言いたいのか。まさか砕いた骨が入っていることに気付いたのか。そんなはずはない、この人が私の家に来たのはあの三回だけで、骨壺はきちんとクローゼットに隠してあった。気付きようもない。

黙っていると朝陽は頰杖を解いて箸を持ち上げた。垂れたトマトソースが血のように滴り落ちる。

「ガスライティングってわかるか？」

質問が急に飛んで不可解だったが頷いた。朝陽はそうか、と言ってから、

「わかるのに、あんたそのままなのか」

と不思議そうに呟いた。

ガスライティング。カルト宗教や、所謂《いわゆる》精神病質者などが扱う手法だ。集団的なストーカー行為なども当てはまる。ガス燈という映画が元の言葉で、主にマインドコントロールによる掌握を指す。

何が言いたいのかわからず朝陽を見つめ返した。朝陽は箸を皿に添えて置き、すっと冷静な表情になる。小学校で出くわした時のような顔だった。

「偶《たま》には俺の話を聞かせてやるよ。あんた、俺を人間のクズだ、人間として不能だ、徹底的に情が欠けてる、って未だによく言うだろ。確かにそうなんだろうな。あんたと加奈子が義理の姉弟だって聞いてから、ずいぶん久々に俺も親のことを思い出した。考えねえようにしてたんだよ、ドがつくクズだから。俺がじゃなくて、あいつらが。俺が小さい時から毎日毎日喧嘩《けんか》してて、どっちも不倫してた。俺は男連れ込んだ母親に玄関見張ってろって言われたり、父親が連れてきた女に手を出されそうになったり、まー犬小屋のほうがマシかもなって状態だった。金だけは出す親だったから大学に行って手っ取り早く取れた教員免許握って家出てからはずっとこうだ。信じられねえって顔するなよこんな親どこにで

もいる。……で、そんなわけだから結婚とかありえない、子供も欲しくない、でも楽にうまく付き合える彼女や友達は欲しい、面倒を起こすようなら要らない、こういう情の欠けた人間が出来上がる」

「……加奈子は、それ知っとったか？」

朝陽は肩を竦《すく》めて、

「脳が腐ってんのか？　誰にも話したことねえよ」

と罵倒を挟んだ。

「お家自慢じゃねえぞ。ここまでが前座。話を戻すが、ガスライティングはわかるんだろ」

「そら、そうやろ。心理学が専攻やったわけではあらへんけど、一通りの知識はあります。マインドコントロールの手法やろ？」

「ああ。あんたが加奈子にされてたやつだな」

静寂が訪れた。何を言っているのかわからず、何を言っていいのかも見当たらなかった。

朝陽は黙り込んだ私を眺めながら舌打ちし、嫌そうな溜息を吐いた。

「なんとなく疑ったのは、あんたの家の様子見てからだ。あんたはリビングのソファーが作業台だったのに比べて、加奈子の部屋は服飾品も多くて、広い一人部屋だった。それで、殴って弱らせながらちょっとずつ昔の話を吐かせて、段々確信した。あんた養父母に加奈子の言葉が本当か確認したか？　してねぇだろ。学校ではいじめられたらしいが、不能だって知れ渡った原因はなんだ？　加奈子が絡んでるんじゃねぇのか。加奈子が時々、自分の非をお前に擦《なす》り付けるように誘導してるのに気付いてたか？　モノがちょん切れたのは確実にあんたのせいではない、加奈子のせいだ。でもあいつは不能だから女の子も気味悪がる、ってあんたに責任の所在を押し付ける発言をずっと繰り返していたんだろ？」

どうにか首を動かして頷き、そのまま視線を机に向ける。私には加奈子しか愛してくれる人がいなかった。加奈子の声が響く。隆は男の子なのに男の子になりきれないから誰も好きになってくれないね、でも私は隆をずっと守ってあげるから。首を左右に振り、視界にあるチキンステーキの皿を掴む。これ、捨ててくれ。捺り出すと、あからさまに不機嫌な舌打ちが響いた。

「加奈子はもう死んだから終わった話だろ。俺が言いたいのは、加奈子はあんたを愛してたとしてもうまく掌握してコントロールしてた、ってことだ。だから加奈子に拘《こだわ》るな、って話なんだよ。そうすりゃあ俺のところにもう来なくていいだろ、いい加減面倒なんだ。ちょうどよく気付けて渡りに船だった、目覚ませよ。親のところに帰れとは言わないが、加奈子のことはある程度吹っ切」

「はよ捨てろや！」

叫んでからはっとして、次に吐き気が込み上げた。皿を朝陽に押し付けて、絶対に捨てろと言い含めてから鞄を引っ摑む。

「おい」

「もう来ません、それでええやろ」

「納得したのか？」

「うるさい黙ってろ、加奈子は、加奈子を見殺しにした受けた情もない暴力男に何がわかるんや」

ガチャン！　と大きな音が響き渡った。振り返ると、流しに皿ごと叩き付けた朝陽が、怒りを抑えきれない顔でこちらを睨んでいた。

背を向け、朝陽のアパートを飛び出した。夜道を突っ切るように走って、走って、走り続けた。

何も考えたくなかった。何も、考えられなかった。

寄り添うようにそこにあった、加奈子の声も聞こえない。

―後―

車窓から見える景色は梅雨《つゆ》の気配に覆われている。遠くは薄暗く、輪郭線がぼやけて見えた。二駅ほど越えれば雨と交差し、電車の屋根がばらばら鳴った。

土日を挟んで有給を使った。故郷に戻る必要ができたと伝えてもいい顔はされなかったが、親に関する火急だと付け足せばどうにか通った。嘘だったが、本当だ。

次は終点です、という気だるそうな声のアナウンスを聞きながら、持ち出した骨壺を鞄越しにそっと撫《な》でる。雨は背後に消えていたが、降り立った駅は雨粒の匂いが残っていた。


朝陽に私と加奈子についての意見を聞かされてから、彼のアパートには行かなくなった。あちらから自宅に来ることもなく、ぎりぎりで繋がっていた黒い糸も途切れたようだった。きっと清々《せいせい》しているだろう。加奈子の骨を捨てていたとも知らず呑気《のんき》に。

一人で一ヶ月ほど過ごす間、両親のことを考えた。私と加奈子は唐突に、消える素振りも見せないまま家を出た。捜しに来るのではないか、行方不明者届が出ているのではないかと危惧していたが、加奈子はどこか超然とした顔で、来ないよと笑っていた。

……私を安心させるための優しさに満ちた言葉だと思っていたが、朝陽のせいでマイナス方向の考えばかりが次々に浮かんだ。

実家は田舎だ。今私が住んでいる町よりもぐっと民家が減り、牧歌的な田畑があちこちに点在する。バスの数も少なく、駅を降りたあとは一時間ほど歩くことになった。湿気がじっとりとまとわりついてくる。

車通りも少ない蒸した田舎道を歩きながら、両親のことと朝陽のことを交互に思い浮かべた。

養父母は優しかった、と、思う。養子であり身体的に欠陥を持ってしまった私が加奈子にべったりでも、微笑ましそうに笑ってくれた。加奈子だけを可愛がっている素振りがあっただろうか。思い出せない。二人は仲もよく、喧嘩をする場面も殆《ほとん》ど見たことがない。また靴下脱ぎ散らかしてるじゃない、と養母が小言を漏らし、後でするから堪忍な、と養父が返す。その程度の会話しか記憶には残っていない。

朝陽の両親は所謂ネグレクトだったのだろう。金だけは出したと彼は言ったが、それ以外の情は受けなかったと思われる。喧嘩も毎日のようにしていた。どの程度の罵詈《ばり》雑言《ぞうごん》を聞いて育ったのだろうか、彼の暴力的な側面はその日々が形成したもの、だろうか。

比べても詮無いが、私の養父母と朝陽の両親を並べると、明らかに養父母のほうが親の責任を果たしていた。私と加奈子は不自由なく育った。不倫の現場を見たこともなければ激しい喧嘩も、万が一していたのだとしても私達の前でそんな素振りは一切なかった。

脳が破裂しそうだった。茹《ゆ》だるような湿気に加え、一時間の徒歩移動だ。回廊のような思考は延々と出口がない。

加奈子。彼女に聞こうにも、今は骨壺に残るほんの少しの骨と写真しか、私の手元には残っていない。

見慣れた道に差し掛かる。住宅が多少続く集落が現れて、一瞬心臓が跳ね上がった。辺りを見渡し田んぼの続く方向を窺《うかが》うと、遮るもののない空間の奥に、私の通った小学校の校舎が見えた。

鞄の紐《ひも》を握り締めながら、実家のある側へと足を向ける。ひとつに結んだ髪から、一筋だけはらりと顔の横に落ちてきた。それを耳にかけながら短い坂道をのぼり手狭な道を進んでいく。家はすぐに見えた。足を止めかけるがなんとか踏み出し、玄関近くまでのろのろと進む。

どう説明するか、考えるには考えたがまったくいい案はなかった。しかし懐かしい実家の様相を見れば、正直にすべてを話すしかない、と覚悟が決まった。私は良くない息子だった、加奈子に言われるまま姿を消した。許してもらえるのであればなんでも差し出す。許されなくとも望まれた形で、一生をかけて贖《つぐな》いたい。

深呼吸をしてから呼び鈴《りん》を押した。家の中に響く電子音が私の耳にも届く。次いで、足音がした。はーい、と軽い調子の女性の声が聞こえて肩が震えた。

程なくして扉を開けた住人は、瞬《まばた》きを三回落とした。それから何も言えないでいる私に、

「どちらさまでしょう?」

と問い掛けてきた。私は息を殺すようにしながら、見知らぬ女性の顔を呆然と見つめていた。

高石《たかいし》と名乗った女性は、養父母と同じくらいの年代に見えた。私を家に上げてから、住人というわけではないと話し、冷たい麦茶を入れてくれた。家の中は片付いており、私が住んでいた頃と比べてずいぶん広く見える。少し見回せばはっとした。家具類のいくつかがなくなっていた。

「清瀬、ってことは、……まさか隆くん?」

名前を出されて驚いた。頷くと、高石は複雑な表情を向けてきた。軽蔑と驚嘆と怒りと諦念を掻き回したような顔だった。

「……あんたら二人何処で何をやってたてん」

酷く重い声で高石は問う。背筋に汗が流れるのを感じながら、遠くに二人で逃げた、とだけ口に出せば、深く長い溜息を吐かれた。

高石はゆっくりと養父母について話し始めた。自分は養父母の友人であり、以前は遠くに住んでいたが、子供が成人してから離婚して、この辺りに戻ってきた。養父母には戻ると連絡をし、会えることを楽しみにしていたが、結局会えなかった。二人は私と加奈子が行方を晦《くら》ませてから、この家の中で心中した。

「今この家の管理は地元の不動産がしとる。そこの所長が知り合いやから、無理に頼み込んでたまに入らせてもろてんねん。会われへんままお別れやったんやで、せめて気が済むまで悼みたいと思うやろ」

「……それは、わかります」

「ほんまにわかってる？　もう一人、加奈子ちゃんはどないしとるん。なんで今更戻ってきたんよ」

高石の厳しい声が全身に刺さった。それでもどうにか頷き、鞄を弄《まさぐ》って、彼女の前に加奈子の骨壺を差し出した。

「……加奈子は、姉は、去年の冬に亡くなりました。自殺でした」

殺風景になった実家の中に、しんとした空気が流れる。レースカーテンがふわりとそよいだ。窓が開け放たれていたことに今更気付く。

「高石さん」

絶句している姿に声をかけると、何を言うべきかわからない、という目を向けられた。情のある人だと思う。あの人とは大違いだ、でも。

「聞きたいことが、いくつかあるんです」

高石は渋るように唸《うな》りながらも首を縦に揺らした。お礼を言ってから、養父母についての質問を、答えられる範囲で答えてもらった。

その代わりに、私も答えられる範囲で高石の質問に答えた。時折怒られたが、罵倒ではなく諭《さと》すような口振りだった。自分にも息子がいるから、と言いつつ残念そうに首を振られ、胸の奥が引き攣《つ》った。

話が終わった頃、辺りは夕暮れだった。高石はもう帰るようで、施錠すると言って立ち上がった。従って外へ出た。鴉《からす》の声が、数回よぎった。

数歩進んでから、ふっと振り返り実家を見た。夕陽がちょうど建物の背後に沈んでいる。

輪郭を橙《だいだい》に染めた家屋はどこか遠く、知らない国のようだった。

高石と別れて歩き出し、じわじわ暮れて行く故郷を這った。鞄の中の骨壺から、時折骨の転がる音がする。住居のない開けた場所に出ると夕陽がよく見えた。山間に溶ける鮮やかな色をまったく綺麗だと思えなかった。見事に心が動かない。感動をどの時点で置き去りにしてきたのかもわからず、脳が痺れたようにぼんやりしていた。けれど夕陽の赤はひとつだけ言葉を連想させた。

「……朝陽さん……」

スマートフォンを取り出すが、彼の連絡先は知らなかった。当然あちらもそうだ。そして何故あの人に連絡しなければいけないのか。大嫌いな男に。情の欠けた不能の人に。

ふらふらと数歩進んで、道の端に座り込む。ぼうっとしたままスマホを持って、いくつかの操作をしてから発信した。夕陽が沈むのは速い。知覚できないスピードで辺りは暗くなっていく。

『はい、第一中学です』

唐突に繋がり思わず肩が跳ねた。あの、と短い前置きを時間稼ぎのために置いてから、

「……第二小学校の養護教諭をしている清瀬と申します。朝陽先生は、おられますか」

慎重に問い掛けた。

数秒の間が空いて、何の言葉もなく保留になる。流れるグリーンスリーブスを聞きながら夕陽が沈みきった方向を眺めていると、不意に音楽が途切れた。

『何してんだよ何の用だ、職場にかけてくるんじゃねえよ俺が出なかったらどうすんだ、どう説明させる気だよ。用があるなら直接部屋に来い長髪野郎』

長髪野郎は罵倒なのだろうか。朝陽は向こう側で舌打ちをする。子機に切り替えたらしく、先程よりも電波が良くない。

「すみません、連絡先を知らなくて」

『そりゃそうだろう俺も知らない。で、何の用だよ。さっさと用件を話せ』

「多分、断るやろうけど」

『なんだ』

「迎えに来てください」

は？　と大きな声で聞き返される。

「迎えに来いってゆうてるんです。来てください。住所も言います、新幹線を乗り継いで三時間、鈍行に乗って終点まで行ってから乗り換え」

『待て、あんたどこにいる』

「実家付近です」

朝陽は聞こえよがしに溜息を吐いた。ライターを擦る音が響き、喫煙所に逃げたのか、とあちらの様子を想像する。

『勝手に帰って来ればいいだろ、なんで俺が行く必要があるんだ。親と和解できなかったのか？』

「そうですね、死んでました。心中らしいですがそれ以上の詳細は聞けんかったからわからん」

『…………めんっどくせえ…………』

「俺もそう思うわ、朝陽さん。どうしたらええと思いますか」

俺に聞くな、と鋭く言い放ったあと、朝陽は考えるような間を置いた。

『あんた、友達いないのか』

「いません。加奈子がいればよかったので」

『……で、ギリギリ頼るのが、愛する女を殺した男、ってか』

「まさか。殺したのは俺ですよ」

『ああもう埒《らち》があかねえ、住所言え！』

住所と最寄の駅名を伝えると挨拶《あいさつ》もなしに切れた。しばらくは終話の電子音を聞いていたが、どちらにせよ道の端に座り込んでいても仕方がない。

立ち上がると足が痺れていた。よろけつつ踏み出して、がしがしと後頭部を掻く。乱れたのでゴムをとり、髪をひとつにまとめ直した。きつく、解《ほど》けないように。

「なんで伸ばしたんやったかな……」

ぼやくように呟きながら夜になった道を歩いた。小学生の頃の記憶が緩やかに浮かび上がる。ねえ隆。久々に加奈子の声が頭に響いた。どうして髪の毛切らないの、さっぱりしてるほうが私は好きなんだけど。なんでやろう、わからん。私が切ってあげようか。このままでええよ、夏場はまとめるほうが涼しいんや。ふーん、あっそう。ごめん、切って欲しなったら言うから。うん、いいよ、でも男で長いと変な目で見られるでしょう、女の子ならふつうだけど。そうやけど、それでええ。どうして？

「……どっちにしろ、お前が不能にしたんやから、一緒や……」

加奈子には言わなかった、恐らくずっと押し殺していた言葉は自然に漏れた。

夜は深まっていく。朝陽は来るのだろうか。来なくてもいいが、私はもう疲れた。加奈子の真実はわからず、養父母に謝罪もできず、高石は教えてくれた。

養父母は私を養子にとることを、懇意にしていた高石によく相談した。引き取ったあとも、本当に可愛くて、と喜んでいた。加奈子の出産により養母は子供の産めない体になった、けれど男の子も授かりたかった、だから養子をとった。加奈子の兄弟を作るためにも、自分達のためにも。

駅前のベンチに座り、無為に夜空を眺めて過ごした。一時間に電車が一本ずつやってきて、一人二人吐き出してから、進行方向を変えて遠ざかる。そのうち終電が来て、ただでさえ人の気配のない駅構内は殊更《ことさら》静かになった。朝陽はいない。当然だった。

私はぼんやりと座り続けた。そのうちに転がって、目を閉じた。覚醒と昏睡《こんすい》を繰り返していると頬に雫《しずく》が当たった。

瞼《まぶた》を開いて仰向けになる。夜空はいつのまにか分厚い雲に覆われていた。放射状の雨が容赦なく降り落ちる。その動きはゆっくりに見えた。時間が私を置き去りにしているような感覚だった。雨ざらしになりながらまた目を閉じる。なにもかもに疲れた。もういい。このまま終わっても、もう。

多分また眠っていた。覚醒と同時に鈍い衝撃が走り、体全体が地面にぶつかった。ベンチから転がり落ちたようだった。腕をついて体を起こそうとした瞬間、背中を強く押さえ付けられた。

首だけを動かしてどうにか振り向く。いつの間にか空は白み始めていた。雨は止んでおり、名残だけが気配としてあった。

背中から足が退《ひ》いた。起き上がってその場に胡坐《あぐら》をかくと、乱れた髪からいくつか雫が落ちた。寒い。呟くと、鼻で笑われた。

「知るか、ブチ殺すぞ」

朝陽は私の胸倉を掴んで引き摺り始めた。ロータリーに停まっている車の後部座席へと雑に放り込まれ、体勢を整える間もなくエンジンがかかった。

朝陽さん。死にそうな声が出て驚いた。朝陽は煙草に火を着けてから、面倒そうに振り返った。

「朝日が見たいです……」

伝えると目の前に腕が翳《かざ》された。中指だけがぴんと立っている。

「そのうち出てくるだろ、行くぞ。レンタカーの料金はあとで寄越せ。高速代も。走りっぱなしで死にそうなんだ、寝るからホテル代も出せ」

無言で頷くと、朝陽は煙草を一口吸ってから、大きな欠伸《あくび》をひとつ落とした。

レンタカーは徐々に明るくなる景色の中を走り出す。

そのうちに朝日が稜線《りょうせん》から現れて、光の筋が辺りに伸びた。

雨上がりの景色は綺麗で、朝陽大輝は眠そうだった。

不能共

― 幕間 ―

無視するかどうか三秒くらい悩んだが、通話を切ってパソコンで時刻表を調べてどう考えても終電に間に合わねえだろボケと心の中で散々罵倒し、イライラする俺に若干怯《おび》える後輩にはすまん、大丈夫だ、と適当に声をかけてから、レンタカー屋の番号を調べた。

高速道路を飛ばしながら上司に謝りの電話を入れて、親が急病だとか危篤だとかそういった類のよくある嘘だとバレる嘘をついてから、知人が自殺しそうなので車を飛ばしているとギリギリ本当のことを言った。自殺というワードが大切だった。上司は理解を示して、自習対応にすると言ってくれた。畜生絶対に出勤したらタスクが増えてるだろ、しばらく土日出勤になるだろマジでふざけんなよ。俺の恋人だった清瀬加奈子。の、旦那であり弟。あの不能野郎。また俺が自殺した人間と最期《さいご》に関わった相手になるのなんてごめんだ警察に拘束されるわ遺体の確認もとらされるわ死体なんて気持ちのいいもんじゃねえわで、とにかく俺はどう足掻《あが》いてもあの不気味に笑ってばかりの何考えてるんだかわからない長髪男を迎えに行くのが最も面倒ではない選択肢に、本当になるのかは知らないが情が欠けてようが人間として不能だろうがあいつが大嫌いだろうが、俺をずっと無視するように好き勝手やってた親共のように放置できるか、できない、できないことが一番めんどくせえよ清瀬隆。

あんたなんで、よりによって俺しか駄々捏《こ》ねる相手がいねえんだよ、人生さっさとやり直せ。

― 前 ―

田舎過ぎてホテルは中々見当たらなかった。夜通し走って死ぬほど眠い、休んだあとはこいつに運転させるか、免許証があるんだから運転できるだろう、ああくそ眠い、思考があちこちに散らかってどこにも集中できないが、俺を疲弊させた張本人は後部座席から窓の外を呑気《のんき》に覗いて朝焼けをぼんやり眺め続けていた。

ようやく見つけたホテルは廃墟《はいきょ》で思わずハンドルに突っ伏した。雑草が生え放題の駐車場だったスペースに車を一旦押し込んで、振り返り様に清瀬の頭頂部を拳で叩いた。乾ききっておらず湿っていて更に腹が立ってきた。

「もう運転できねえよ、車内で寝る」

「え」

清瀬は頭をさすりつつ、一旦車外へ出て行った。運転席を開けられたので、わざとハンドルを切って事故を起こしたりはするなよと言い含めてから、運転を替わった。隣に座りたくないため後部座席に乗り込んだ。

「高速道路のランプ付近まで行ければ、なにかしら宿泊施設はあるやろ」

「……あー……あるな」

バックミラー越しに視線を合わせる。静かに微笑《ほほえ》まれて相変わらず不気味だった。後ろから運転席のシートを蹴り付ける。

清瀬は無言で発進した。車の振動が一気に眠気を誘ってくる。ほとんど休憩せずに走り続けたせいだった、つまり清瀬隆のせいだ。

横方向に重力を感じ、逆らわないまま座席の上に横たわる。瞼《まぶた》を下ろすとすぐ睡魔に呑まれ、次にはっと目を開けたときには清瀬に覗き込まれていた。

「つきました」

「……どこに？」

「ホテルですよ、ラブがつきますが、他にないので」

一筋流れた長髪が俺の目の前で揺れ始める。舌打ちしてからあんたが金を出せと吐き捨てて、覗き込んだままの顔を髪ごと押し退《の》け目を擦《こす》る。ふらつきながら車を降り、案外と車が停まっていることに無言になれば、清瀬が鞄を肩にかけながら、田舎やからなと呟《つぶや》いて、入り口へと歩いていった。

淡々と入室処理をする清瀬の姿を、眠気と戦いながら観察する。死にそうな声で電話をしてきて死体のような姿で転がっていた時に比べれば元気そうだった。演技か？　と疑いつつ、こちらに一瞥《いちべつ》をくれてからエレベーターへと向かう背中についていく。

清瀬が精算機を操作している間にベッドに倒れ込んだ。限界だった。朝陽さん。遠くのほうで呼ばれるが返事をする間もなく意識が飛んだ。


「私の元彼の話？　本当に聞きたい？」

どうしても聞きたいわけではなかったが、行為後の気だるく甘い雰囲気に任せて、現在の恋人の過去を多少知ろうかと思った。そりゃ気になるよ、加奈子くらい美人で俺が初めてなわけはないだろ。俺の言葉に加奈子はくすくす笑って、ホテルのやわらかい布団を両腕で抱き締めた。

「そうだなー、弟みたいな子かな」

弟？

「うん、あーでも、ペット？　うーん……そんなこと言ったらあの子に失礼だもんね」

年下の男を可愛《かわい》がってたってことか。

「ふふ。大輝くんも年下でしょ」

まあ、聞いたときはびっくりしたけど。

「またまたー！　うん、でも年下が好みなのかも。大輝くんとその子は全然タイプが違うけど」

ふうん？

「案外仲良くなれるかもしれないよ、紹介しよっか？」

なんでだよ、今の彼氏に元彼紹介する彼女がいるかっての。

「あはは！　でも本当に、……ふふふ、いつか会わせたいな、そのうち」

まあいいけど、そいつの前で今は俺の彼女です、って顔してやるよ。

「うわー、大輝くん酷いなー」

加奈子のほうが酷いだろ、元カノに今彼紹介されたら俺ならブチギレる。

加奈子は含み笑いをして、枕に顔を埋《うず》めながら何かを呟いた。なんだったのかは永久にわからない。

でも、会話の「元彼」は、清瀬隆のことなのだろうと、今はわかる。

わかったところで、これは夢か、と気付く。

「加奈子」

声をかけると加奈子はぱっと顔を上げ、静かな微笑みを向けてきた。

「お前さ、清瀬隆、わかるだろ」

加奈子は何も言わずに笑っている。

「あいつ最高にめんどくせえ、お前の教育の賜物だよどうしてくれんだ」

ねえ大輝くん、もう一回しよう。ゴムつけなくていいから。

「迷惑してる。さっきも長距離を飛ばすハメになって、毎日毎日部屋に来て、いらねえってんのに料理作って」

私はどうして部屋に入れてくれなかったの？

「お前が死んだあとに来て加奈子の旦那だなんて言われりゃあ上げるしかねえだろ。ちっ、締め出せばよかったあのときに」

今日はお部屋連れてってよ、大輝くん。

「連れて行かない。生きてたとしても絶対に」

なんで？

「清瀬隆に会ったからだよ」

加奈子は口を閉じて、再び枕に顔を沈ませた。そのまま徐々に埋もれていって、輪郭が解《ほど》けるようにぼやけ始めた。おい、待て、加奈子。消えてゆく体に触れようとするが、伸ばした腕は空を切った。けれどなにか固いものには触れていた。そこで自分の目が覚めた。

腕は清瀬の体に乗っかっていた。ばらけた長髪が顔に被さって表情は見えない。しかし寝息は聞こえた、慎重に腕を退《ど》けてからゆっくり上半身を起こす。

数分、何も考えずに呆《ほう》けていた。疲れが取れ切ってはいないが、多少は回復したのか、少しずつ脳が動き始める。

シャワーでも浴びようとベッドを降りたが、服を後ろから引っ張られて数歩よろけた。

「置いて帰るなや」

起きてるなら言え、と思いながら腕を払い、

「金を払わせるから置いては帰らない」

そう告げれば清瀬はもぞもぞと動いて布団を深く被った。つい舌打ちが出る。こいつのせいでほとんど癖になってきた。

「……お手数をおかけしました」

浴室に入る手前、ようやく謝罪が飛んできた。なにか罵倒してやろうかと思ったがやめてシャワー室に入り、夢を思い返しながら熱い湯を浴びた。

きっちり髪を乾かしてから部屋に戻ると清瀬が異様に真剣な顔で端末を弄《いじ》くっていた。

近付いて覗き込みながらサンドイッチ的なものがあるか問い掛ける。驚いた顔で見上げられた。まとめられていない髪はぼさぼさだ。

「メニュー表の端末やって、ようわかりましたね」

「は？　……あー、そうか。あんたこういうとこ入ったことないか」

「……カラオケはありますよ、似た端末が」

「めんどくせえ、張り合うな」

清瀬は眉を寄せながら、カレーにしたるわ、などと言って勝手に注文を押した。無言で睨《にら》めば、いつものように静かな笑みで返されて、苛立《いらだ》ちをそのまま拳に乗せて肩口を殴った。

数分後にカツカレーとハンバーグカレーが届いてキレそうになった。清瀬はさっさとハンバーグの方を取り、部屋のソファーに座って凄い勢いで食べ始める。ちょっと驚いて眺めていると、なんれふか、とリスみたいになりながら聞いてきた。

「あんた、食い方汚いな……」

よくみると髪の毛を一筋食っている。若干引いた。指を伸ばして食っている髪を取ってやると、背中を向けつつ左腕を差し出してきた。手首には黒い髪ゴムがはまっている。

背中を膝で蹴ってから髪ゴムを引き抜いた。わがまま大王かよ、と思いながら全力で適当に髪をまとめてやる。それから仕方なくカツカレーを手に持って、清瀬からは離れてベッドに座った。匂いを嗅げば腹が鳴り、ほぼ飲まず食わずでの運転だったこともあって、気付けばかなりがっついて食べていた。

「朝陽さんやって食い方汚いですよ」

結ぶのも下手やし、と言いながら清瀬は口元を備え付けのティッシュで拭いた。

カレーを食べ切りセットでついてきた水を飲んでから、煙草《たばこ》を吸おうとポケットを探ったが期待の感触はなく、車のドリンクホルダーに突き刺したまま放置していたと気付いて一気に苛立ちが込み上げたところに、いつの間にか寄ってきた清瀬が一箱差し出してきた。

「ドリンクホルダーに刺さってました」

「……どうも」

大人しく受け取って一本咥《くわ》える。清瀬は灰皿も持ってきたらしく、俺の隣に座ってから、間の空間にそれをぽんと置いた。

無言で一本潰しつつ、何をまったりしているんだと内心考える。腹が膨れてまた眠くなっていた、相当疲れているようだ。短くなった煙草を捨ててベッドに仰向けに寝転がると、眠気はゆっくりと全身に広がった。

清瀬はベッドを一度降り、鞄を持って戻ってきた。眠るか眠らないかのまどろみを楽しんでいると、朝陽さん、と穏やかな声で呼んでくる。

「頼みごとがあります」

「あ……？　頼み聞いて来てやったのに、まだ何かあんのかよ……」

うんざりしながら聞き返すと、清瀬は謝罪を挟んだ。そして鞄から、見慣れない容器を取り出した。

「加奈子の骨壺です」

がばりと身を起こした。凪《な》いだ表情の清瀬を凝視してから、両掌で抱えている物体に視線を落とす。

逡巡《しゅんじゅん》して、蓋に手を伸ばした。開いて覗き込み、底に小さな、コンクリート片のような細長いものがあることを認めてから、少ないんじゃないか、と嫌な予感を覚えながら問い掛ける。

清瀬は頷《うなず》いた。そして今までのことを話し始めた。

「…………マジでブチ殺すぞ死体等遺棄罪じゃねえのかよ」

聞き終わってまず罵倒すればそうです、と歯切れよく答えられて腹が立ち、胃の辺りを殴りそうになったが吐かれると面倒なので一旦押さえた。

最悪なことをしてくれた。万が一食ってたらどうするつもりだったんだ。やっぱり殴るか。味付けの濃そうなもんばっかりだとは思ってたんだよ保健医って聞いてからは薬物混入してんじゃねえかって疑ってたがそっちか。

イライラしながら色々考えていると、

「混ぜてたんは俺やから、罪に問われた場合、冷静に考えれば俺が罰を受けるんですよね」

そう淡々と言ってくる。

何か吹っ切れてはいるらしい。こいつが部屋に来なくなってこの上なく快適だったが、首を吊《つ》っていたらどうしようかとは何度か考えた。杞憂《きゆう》になってなによりだが不可解だ。

思案が面倒になり、目の前にいるのだから直接聞いた。

「あんたさ、両親も死んでた、しかも心中だったたって言ってただろ。血の繫がった親のこともわからないって前に聞いたし、いよいよ周りには誰もいねえのに何を淡々と吹っ切れた顔をしてるんだ？　脳に花でも咲いたのか？」

　清瀬はふっと噴き出して笑い、首を左右に揺らめかせる。

「いますよ、大嫌いな人が一人だけ残っとるんですが、何故か迎えに来てくれました。なんでや？」

「なんでだと思う」

「俺は知りませんよ、放置してくれたら多分野垂れ死にしとったけど」

　それだよ、と指摘してから煙草を引き出し火を着ける。

「放置すりゃあ勝手に死ぬんだろうなって思ったよ。でも考えてみろ、あんたのスマホの最終発信履歴は職場の小学校じゃなく中学校。発信時間を見て当日電話を受けた相手を捜されれば、あの時周りには結構いろんなやつが残ってて偶々《たまたま》俺が電話をとって、さりげなくだが子機に切り替えて喫煙所に引っ込んだんだから、どう考えても通話相手は俺だって証言されるだろうが」

「そうやろうな」

「そうやろうな、じゃねえんだよ。また加奈子の時みたいに何時間も拘束されて事件性が本当にないのか確認されるなんてごめんだ、しかも詳しく調べればあんたらが姉弟《きょうだい》ってのも引きずり出されて、俺は姉弟揃って見殺しにした超冷酷非道男の烙印《らくいん》が押されるんだぞ」

「超冷酷非道男やと思いますが」

流石《さすが》に我慢せず肩の辺りを一度殴る。清瀬は既に慣れているので涼しい顔のままだ、こいつはそもそもはじめから暴力に慣れていた。無意識だろうがなんだろうが、加奈子にもつらく当たられることがあったように見える。あといじめられた経験か。なんにせよ長い時間をかけてサンドバッグ体質にされたのだろう。知ったことではない、苛つくので胸元を拳で強く叩いてから煙草を咥える。

清瀬は殴った辺りを掌でさすってから、朝陽さん、と静かに呼び掛けてきた。

「……お願いがあります。残りの骨を一緒に捨てて欲しいんです」

骨壺に視線を落とす。それから清瀬の顔へと移動させる。真剣な顔で、お願いします、と再び頼まれる。

あまりにも嫌だった。この期に及んでこんなところまで来させてまだ罪を着せる気かよとまた苛立ち始める。こいつは生きている限り一生俺を不愉快にするのだろう。

「嫌だ」

きっぱり断って、吸った煙を吐きかける。清瀬はそうですか、とやけにあっさり引き下がり、骨壺をそっと床に下ろしてからジーンズのポケットを弄り始めた。何をするのかと見ていれば、今度は黒い財布をさっと差し出されてじゃあこっちをお願いします、と言い始めた。

「……財布を捨てるのか？」

怪訝《けげん》に思い聞き返せば、清瀬は小さな笑い声を漏らした。

「そうやない。これ、燃やしてください」

財布から取り出されたものは加奈子の写真だった。綺麗《きれい》に写った、誂《あつら》えたような笑みでこちらを向いている。

「これ、誰が撮った？」

問い掛けながら写真を受け取る。これに火を着けて灰皿に捨てるくらいならやっても構わなかった。

清瀬は何度か瞬《まばた》きをしてから、俺の顔をじろじろと見た。

「何？」

「いえ。覚えがないか？　これは貴方《あなた》が、加奈子のスマホで撮った写真です。加奈子が見せてくれて、欲しいと言えば現像してくれたものですよ」

数分考えた。思い当たらず悩んでいると、清瀬が急に笑い出した。気味が悪いほど声を上げて笑うので、吹っ切れたというよりは正気を失ったのかと疑いを持った。

「はー……そうですか、ほんまに情の欠けた人やな……ふっ、ははは、おかしい、加奈子は貴方のその、何者にも巻かれないような、実際に巻こうとしても巻けへんところが、良かったんかもしれへんな……ふふっ、最悪や、ほんまに貴方が嫌いです俺は」

「写真じゃなくてその長ったらしい髪を燃やしてやろうか？」

「嫌です。さっさと写真燃やしてください。そうしたら行きましょう、運転しますよ。骨をブン投げるので海にでも寄らせてもらいます貴方は後部座席で寝ててください」

所謂《いわゆる》躁状態なのか、帰ったあとにメンタルクリニックに行かせよう。考えながら煙草を潰して写真を持ち上げ、煙草用のライターをそっと翳《かざ》す。

「本当にいいのか？」

「はい」

何度か頷いてから、写真の隅に着火した。俺と清瀬の視線を一身に浴びつつ、じわじわと加奈子が燃えていく。炎が顔に差しかかった辺りで熱に耐えられなくなり灰皿の上へ載せた。黒い筋のような煙が真《ま》っ直《す》ぐに立ち上る。スプリンクラーや火災報知機が反応しないかと思い当たってぱっと天井を見た。それと同じタイミングで清瀬がベッドの上に突っ伏して、少し遅れてから写真はこの世から消え去った。

エアコンの電源を入れて煙を流す。一応灰皿に水もかけ、結構臭うなと思いながら突っ伏したままの清瀬に歩み寄る。俺が適当に結んだ髪は解けかけていた。肩を摑んで引っ張ると、嫌がりながらも顔を上げた。

「そうだと思った、さっさと拭けよ」

ぼろぼろ泣いている清瀬にティッシュを押し付けて、暇潰しにテレビをつける。アダルトビデオが無料で観られるのでチャンネルを合わせた。咽《むせ》び泣く男の横にいてやるのだからそれなりに楽しい気分になるものを観るしかなかった。

そのうちに洟《はな》をかむ音が響いた。横目で見ると、清瀬は幾分か冷静になった表情でテレビ画面を見つめていた。ずっ、と鼻水を啜《すす》り、はじめてみました、と涙声で呟いた。

「……興味本位で聞くんだが、あんた性欲ってないのか？」

「あります、けど、どうしょうもあらへん」

「そりゃまあ、そうか。どうしてもこういう、エロいことしてえなら、あんたが下になるアナルセックスしか無理だろうな」

そっちのプレイもこなすオールマイティな女優もいる。男同士のアダルトビデオは見たことがないが、というか見たくもないんだが、知識としては知っている。清瀬の自宅を初めて訪問した日、腹が立ち過ぎたあまり犯してやろうという発想に至ったのもそれ故だ。

アダルトビデオを消して、そろそろ行くかと声をかける。清瀬は俺の顔を凝視しており、よく見れば俺の服まで握っていた。嫌な予感がした。

「それ、やってください」

見事に的中したが完全なる外れクジだった。

「マジで言ったか、ちょっとは捻《ひね》れよ。なんで俺がそんなことしなきゃいけねえんだ、あんたどうした？　元々おかしいが今日は輪をかけておかしい、めんどくせえ。洗脳が解けて色々吹っ切れてきてテンションが上がってるのはわかるが、何でもかんでも俺に頼むんじゃねえよ物の区別がつかない三歳児か？　帰ればゲイバー？　とか、そっちのプレイ専門の店があるだろうが」

「ようわからん知らん人は嫌です」

それはそうか、とほんの少しだけ納得する。俺もそういった店は好きじゃなかった。不倫相手と自宅で毎度のように及んでいた両親のせいで、他人の性行為の気配がどうにも苦手で仕方なく、清潔な雰囲気を持つ加奈子に惹かれたのもその辺りが起因だろうなと今更思い至る。

無言で清瀬と視線を合わせる。手を伸ばして元々解けそうだった髪を解いてやると、シャンプーの香りが微《かす》かに漂った。清瀬は瞬きをしてから視線を外し、解けた髪を手櫛《てぐし》で梳《す》いた。微妙なムードになってきた。

……馬鹿らしい。溜息を吐きながら自分の髪をがしがしと掻き回し、不能の男の顔を摑んだ。驚いた顔を無視して思い切り頭突きをかまし、反動でベッドに沈んだ体に乗り上げる。清瀬は額を押さえながら呻《うめ》き、涙と怒気を孕《はら》む瞳で睨み付けてきた。

ベッドに手をついて身を屈《かが》める。何か言いかけたが構わず塞いで、くぐもった声を口腔越しに聞いた。腕を所在無げに動かされて邪魔だ、摑んでベッドに押し付けてから、生温《なまぬる》い口の中を舌で探った。

適当なところで解放した。清瀬はぐったりとベッドに転がっていたが、俺が身を起こすと察したように起き上がる。

「します」

「……料理スキルとそのスキルだけは無駄に上がったな、あんた」

「なにもかも、貴方のせいですよ、朝陽さん」

清瀬は目を細めて笑い、口元に残る唾液を舌で舐《な》めとった。少しだけ、ぞくりとした。

加奈子も、加奈子の前の彼女も、俺の何処《どこ》が好きだったのだろう。顔でも性格でも仕事でも身長でもなんでもいいが、行為はよくねだられたな、特に加奈子には、なんて感傷に

いた。

浸《ひた》りながら俺にずいぶんと色々な迷惑をかけた俺のことを心底嫌いな不能の男の中身を暴いたい、もっとゆっくり、とかなんとか呻いていたから、これはまともに運転席に座れないんじゃねえかな、と冷静に考えて仕方なく丁寧に扱ったが、運転をしたくないからなのか本当に丁寧にしてやろうと思ったからなのか、どっちだかわからねえどっちでもいいか、案外こっちもよくはなってきたし今はもうどうでもいいかと、快楽のほうに舵《かじ》を切ってシーツを強く握り込む清瀬の手に自分の手を重ねて摑んだ。

大輝くんは淡白だよね、と過去の加奈子が囁《ささや》いてくる。それを打ち消すように清瀬が呻く。朝陽さん、と切羽詰まった声で呼んでくる。散らばった長い黒髪が表情を隠している、身を屈めて覗き込むと涙の膜が張った両目に見つめられる。加奈子は手馴《てな》れていたし煽《あお》る動作もどこか計算されていた。なら俺の目の前で飛んだのも計算だろうし上手くいったのかどうかは知らないが衝動ではないのだろう、と改めて考える。

お前の弟は全然違う、と続けて考える。お前が手塩にかけて育てた男は気味が悪いしへらへらしてるし遺灰を食わせようとしてきたし何もかも最悪だったが、一応まだ生きてい るし助けてくれと言ってきた、たぶん衝動の名前の下で。それが解放なのかどうかはまだわからない、汗を肩口で拭いつつ身を起こして体勢を変えさせる、見ないで欲しいと懇願されるが見えねえよ今更そのぐらいで萎《な》えもしねえ馬鹿かと返せば清瀬は泣き声のような声を漏らす。その裏側で加奈子がまたなにか言った気がしたがもう聞こえない、清瀬が朝陽さんとまた呼んでくる。

俺はこいつのことが嫌いだが、こいつが明らかに可哀想なやつだということは、今のところ世界の中で俺しか知らない事実だった。清瀬は短い息を零《こぼ》しながらうわ言のように言う。朝陽さん。加奈子がいなくなって、両親もいなくて、ただただ広い世界に放り出されて、多分何をやってもええんでしょう、俺の不能を理解してくれる人やって探せばきっと見つかるやろう、間違いなく俺は自由で、せやけどそれが、途方もなくて怖いんですよ、加奈子に従って守られて加奈子だけみてたら良かった日々は、貴方からすると洗脳されてなにもかも不自由で、ともするとこの世の地獄に似た景色に見えるんやろうけど、俺は、俺は、あの時間を、壊したかったわけではない、加奈子がひとりで飛べんのやったら一緒に死んでもかまわんかった、朝陽さん、俺が置いていかれた意味はどこかにあるとおもいますか。加奈子と両親を追っていったほうがええですか。家族でもなんでもないどこかの誰かが俺を受け入れてくれる保証もないのに、ああ、でも、朝陽さん、貴方は俺を助けてくれたんやった、他人やのに、嫌われとるのに、貴方はやっぱり情が欠けていて他人を寄せ付けたがらず人間として不能やったのに、でもだからか、俺も貴方も、不能やからか、朝陽さん。

堰《せき》を切ったように清瀬は喋《しゃべ》り続けた。俺は相槌《あいづち》すら打たず、事を終えてからは荒い呼吸を繰り返す清瀬を放って先にシャワーを浴びた。俺のあとに清瀬もふらふらと浴室に行って、並んで一服してからやっとホテルを出た。

もうほとんど夜だった。徹夜で走ってそのまま出勤じゃねえかよ、俺が頭を抱える横で、清瀬は声を上げて笑っていた。本気で殺してやりたくなったが、乱暴に運転席へと押し込んで、道中ずっとハンドルを握らせた。

夜間走行の間は眠り続けた。両親やら加奈子やら同僚やら後輩やら昔の同級生やら、いろんな人間の夢を細切れに見たが、アパート付近に着いて清瀬に揺り起こされたときにはもう忘れていた。清瀬のやたらとすっきりした顔に、上書きされてしまった。

「第一中学まで送っても良かったんやけど、同伴出勤は嫌でしょう」

「当たり前だろうが、ついでにこの車返して来いよあんた用に借りたんだ」

「わかってます。……ほな、今回は……その、」

もごもごと言いよどむので朝一でイライラする。車を降りてから肩口を殴ると、清瀬は眉を寄せつつ長い髪をさっと払った。黒い川の流れのように、側面が光を跳ね返した。

「…………本当にありがとうございました、朝陽さん」

不貞腐《ふてくさ》れたように礼を言ってから、すばやく運転席に乗り込んで走り去っていった。ありがとうだけで済む話ではないのだが、もういいか、と諦める方向で考え直し、欠伸《あくび》を噛み殺しながら出勤のために道を歩いた。

梅雨《つゆ》の気配はなんとなく遠い。明けたのかと、眠気を引きずりつつ通勤路を軽く見渡す。通勤の車が行き交い、朝練に行くらしい生徒が慌てた様子で自転車を漕《こ》いでいる。遠くで鳥の声がして、歩行者信号が規則的に鳴り始め、横断歩道は様々な靴に踏まれ続ける。

どこまでもいつも通りの光景だ。

長髪ストーカー男も、今頃そう思っているだろう。

—— 後 ——

暑い、今年の夏は異様に暑い。汗をだらだらと流しながらアスファルトの上をだらだら歩き、だらだらし過ぎてサンダルが脱げ足の裏が直接鉄板のような地面に触れてしまい慌てて片足立ちになる。息を噴き出して笑われて、てめえこの野郎、と舌打ちつきで詰《なじ》ってから転がっているサンダルを履き直す。

すかっと晴れて雲もない。見わたす限り田んぼ、田んぼ、たまに畑で、奥には山。国道が走っているところもありますよ、もっとあっちまでいかなあかんけど。言いながらどう考えても森しか見えない方向を指差されて、滴り落ちた汗を手の甲で拭いながら耳を澄ませるが蟬《せみ》の合唱に阻まれ車の走行音なんてわからない。暑い、蒸し暑い。四方から苔生《こけむ》す緑の匂いがする。

空に筋を作りながら飛ぶ飛行機を眺めていると、俺の有給を前回合わせ四日ばかり消費させてきた男に肩を叩かれた。肩辺りまで切った髪はそれでも長く、後ろできっちりと結ばれている。

「こっち。木陰にもなるし、川の程近くに出るので、こっち進みましょう」

「何分歩く?」

「さあ、三十分から一時間くらいやないですか」

既に一時間弱歩いていたので暑さも加わり一気に苛立った。前を歩く背を追い掛け、肩甲骨を拳の側面で強く叩く。

「田舎野郎」

「暴言の語彙《ごい》力が下がりましたね、朝陽さん」

清瀬は涼やかに笑い、下げているクーラーボックスからスポーツドリンクを取り出した。

新品なので受け取って飲むと、保健室には注射器があるんですよ朝陽さんと言い出したので背中を思い切り蹴り付けた。

生徒が夏休みに入り、教員の普段のタスクが多少減って休みが取りやすくなった。俺がそうだということは、当然養護教諭もそうであり、あれからまた部屋に通ってくる生活に戻った清瀬隆は髪切りましたと結んだ髪の先を見せながら言って、緩やかに口角を引き上げた。

結局まだ通うのかよ、料理は二度と作るな何入れてんだかわからねえんだし、遺骨どうした？　さっさと捨てろよそれかお前が食えば。そう文句を垂れ流しながら、コンビニで買った冷麺をつるつると啜った。清瀬も俺の目の前でチキン南蛮弁当となんたらポテトとメロンパンと唐揚げおにぎりを出して横には板チョコまで置いて箸を割った。

「……俺の前で食うのはどうでもいいんだが、全部食うのか？」

「はい、あかんか？」

「あかんことはないけど、……引く」

ふふ、と笑い声を漏らしてから清瀬はすごい勢いで物を食べ始める。逆に食欲がなくなるなと思いつつ冷麺を食べ、テレビをつけて煙草を吸い、じろじろ見てくる清瀬をああもうわかったよ暑いんだから暑いことさせんじゃねぇ暴食変態教師、と罵倒して机の脚を蹴ってから部屋のクーラーをつける。清瀬は手馴れた様子で布団を整え出すので余計に不愉快になってけっこう乱暴に抱くんだが、こいつもしかして、と乱れた長髪の向こうで熱い呼吸を繰り返す姿を見下ろし思い当たる。

加奈子に従い加奈子のために生きていたこの男、清瀬隆。こいつはつまり、あらゆる自由を抑え付けられたままでずっと生きてきて、急に放り出され枷《かせ》が外れた今まさに、よく食うわよく寝るわよくヤりたがるわと、溜め込まれ続けた欲望がおそろしい勢いで噴き出しているのではないか。

どれだけ面倒な人生を送っていくんだこの長髪関西不気味保健医。かなり引く。

さっさとシャワーを浴びて半裸でクーラーの風に当たっていると、服も着ないままにじり寄って来た清瀬に朝陽さん、と今からわがまま言います、と思い切り顔に書いてある様子で話し掛けられる。

「俺の実家がある県に、もう一度一緒に行って欲しいんですが、有給どのくらいありますか」

俺が行く前提で話を始めるので、怒る気にもならずそのまま仰向けに倒れてしまった。

仕方なく高速を飛ばして迎えに行ってから大体こうだった。何日、とうんざりしながら聞けば指が三本立ったので、中指だけを突き出した。

木陰の道はコンクリート上を歩くよりは数段涼しかった。万が一熱中症やら体調不良で倒れても、隣を歩いているのは養護の男なのでその点だけは心配していない。的確にスポーツドリンクと麦茶を交互に出してくる。

肩に食い込む鞄の紐《ひも》が痛い。あちこちで鳴く蟬がうるさい。揺れる木漏れ日が穴空きパズルのような模様を地面に落としている。石ころを蹴って、その近くに蟬の死骸が落ちているのを見つけ、流石にこれは蹴りたくないなと避ければ見ていたらしい清瀬に意外だと心外なことを言われる。

「死体蹴りしてどうする、なにするんや！　とか言いながら怒る相手じゃねえと張り合いないだろ」

「なんですかその闘争心は……今が乱世やったらかなりの武勲を挙げたかもしれへんな、貴方は」

「乱世みてえな生活だったぞこの二年」

「良かったやないですか」

「あんた最近マジで俺のこと舐めてるな？」

ぐだぐだと無駄な会話を続けながらおよそ三十分、四十分ほど歩いた。左右に木が続く狭い視界が開けていき、枝葉のない場所へ踏み出せばまず眩《まぶ》しく、次に暑かったが熱ではない気配がして、息を深く吸い込んだ。

水の匂いがする。消毒されていない複雑な水の匂いが。

清瀬は立ち止まった俺を横目で見てから、木々が微妙に分かれて獣道になっている斜面を指差す。下に向かって続くその獣道の終着には、大小様々な石の転がる地面が見えた。すぐに察する。この先には川があるのだ。

「子供の頃によく来たとか？」

問い掛けながら、清瀬のあとを追う形で斜面を下る。

清瀬は頷き、

「一人で来ました。いつやろう……小学生の、はじめの頃やったかな。完全に加奈子に従属する前の話です」

冷静な声で言ってからは、口を閉じて滑るように降りていった。

河川敷に降り立つと、見事な清流が現れた。川を挟んだ向こう側に河川敷はなく、深い森がなだらかに上昇しながら山を象《かたど》っている。その森の合間には錆《さ》びた赤色の鉄橋が見えた。清瀬は流れを背にして振り向き、二時間に一本しか通らないローカル線や、と説明してからクーラーボックスを大きな石の上に置いた。

ボックスを開けごそごそやっている背中に近付く。清瀬は透明のビニール袋を引き出して、俺の目の前でぷらぷら揺らした。

「加奈子です」

中には小麦粉のような薬物のような、でもよく見れば粒子の大きさにばらつきがある粉が少量入っていた。

「……骨の大部分は俺が捨てた?」

「はい。その節はありがとうございました」

清瀬は静かに言って、川の方へと歩き始める。どうするか少し迷うが一応追った。煙草を咥えて火を着けながら、袋の口をほどく姿を横目で眺めた。底を摘《つま》んでひっくり返す瞬間は背を向けて、煙を吐き出しつつ鮮やかな青空を意味なく仰いだ。

ばしゃり、と水の跳ねる音が響く。首だけを動かして様子を見る。清瀬は袋の中と手を洗ってから立ち上がり、首を傾けながら笑みを浮かべた。

「俺が何を捨てたか見てましたか?」

「見てないな、興味もねぇよ」

煙を思い切り吸い込み、空に向かって一気に吐く。それから川の水で鎮火し、フィルターだけを携帯灰皿に押し込んだ。

困ったような顔をする清瀬を放置し、木陰の中に座り込む。清瀬はクーラーボックスを抱えて寄ってきた。隣に座ってボックスを開き、まずはお茶を渡してくる。

「朝陽さん、小腹が空きましたね」

「……市販のやつだよな？」

「ふふふ、そうですよ、ほら」

コンビニのおにぎりを出されたので受け取った。サンドイッチも出てきたし、コンビニ弁当や菓子パンやお菓子も出てきた。卵焼き単品の真空パックもあるしサラダチキンもあった。

俺が買出しをしたほうが良かったと思いながらもぐもぐと食べ、お茶を飲み、穏やかな川の流れを意味なく見つめた。町に向かって流れる清流は、陽の光を乱反射して輝いている。それを見ていると、わざわざこんなところまで過去を捨てにくる面倒で重くてストーカー気質で長髪で関西弁で腹の底に得体の知れないものばかり隠している最悪な男に付き添ってやったのだから、もっと褒められるべきなんじゃねぇのかと思い始めた。

それを察したようなタイミングで摘んだクッキーをさっと口元に差し出された。反射で咥える。バターが効いていて美味《うま》かった。

「美味しいやろ、これだけええとこで手に入れたんです」

「ふーん。あんたの職場とか家の近くか？」

「いえ、俺の家の中ですね」

思考が止まった。にやにやと笑う清瀬の顔を呆然《ぼうぜん》と見つめていると、遠くで電車の音がした。

赤錆色の鉄橋を、黄緑色のローカル電車ががたんごとんと過ぎてゆく。

「……何も入れてないな？」

「はい」

「本当かよ、帰り道で苦しみ出して俺はこの河川に投げ捨てられるとかないだろうなそうなったらマジで殺すぞボケ、なににやにやしてやがんだ」

「ああそうや、お願いがあるんです」

スマホを取り出してなにやら操作を始めた姿に今度は何を言い始めるのだと苛立つが、清瀬はにこりと笑ってから、スマホの画面を見せてきた。QRコードが表示されていた。

「これ、俺の連絡先なので、登録してください」

「……、そういや知らないんだったな」

「そうですよ、朝陽さん、貴方の連絡先も教えてください。それから」

「待てよもう聞かねえ」

「友人になってほしいんですが、……いいですか？」

しばらく清瀬の顔を眺めて過ごした。こいつのことが普通に嫌いだった、面倒で迷惑ばかりかけられて面倒で面倒で、遺棄罪を八割は被せられて今はやっと人生が始まったとばかりに良く食い良く眠り良く遊んでいる、自由を手に入れた癖にまだ妻で姉だった女の恋人に付きまとう根性のあるところが本当に心底嫌いだなとうんざりする。

舌打ちを落としてからスマホを出した。連絡先を交換し、仕事関係の欄にブチ込むか知人友人の欄にブチ込むか瞬き三回分考えて、どこにも入れずにスマホの表示画面を待機に戻す。

電車が通過していった鉄橋に視線を転じる。あと二時間は何も通らないあの鉄橋は、なにかしらの事故が起きたことはあるのだろうか。

「……おい、清瀬」

話し掛けると、スマホをタップしていた清瀬が驚いたように俺を見る。

「電車が事故や故障で止まって、申し訳ございません、って誰かのかわりに謝る車掌、どんな顔してると思う」

数分無言になった。川の匂いと、蝉の声と、木々の緑が、まったく違うのに混ざり合って、夏という形で目の前にある。

でも多分どこかに欠けはある、どこかしら欠けて不能なんだと俺は俺のためにそう思う。

「……最高に面倒臭い、って顔してるんやないですか？」

しばらく考えた後に清瀬はそう言った。そうだよな、それでいいはずだったよな。同意しながら清瀬の髪をわしわしと掻き回す。

乱れて解けた髪の隙間から、嫌そうな表情が覗いていたので面白くなって笑った。静かな河川敷を突き抜ける笑い声は蝉の声より大きくて、俺達はその長髪が嫌いだ口が悪いところが嫌いだと言い合いながら、この瞬間にもどこかの世界で知らない誰かが死んでいるんだろうが当たり前だし仕方ないし終わったと思ったら始まるんだから面倒臭いと文句をつけて、清瀬宅で作られた腹が立つが味のいいクッキーを並んで食べた。

「美味いですか」

「料理スキルが上がりすぎてて引くな」

嬉しそうに笑うので癪《しゃく》だった。万が一骨が混じっていたら立てなくなるほど殴るけど、友人ならそのくらい我慢しろよと付け足した。

いやになるほど快晴だ。

清瀬加奈子

― Pragma（Victoria）―

強くなってしまうのなら今のうちに弱くしておけば良い。小学生の判断ではないなと今更思うが、当時そう考えたこと自体は正しかった。隆は私の言うことに逆らわない。ほとんど全部コントロールできるまでに時間はかかったが、中学生になった頃には私の支配下にあった。

隆は「ない」割には男らしく育った。背が伸び骨格は固くなり、女子生徒にしばしば告白された。すべて断らせた。隆は私の言うことに逆らわない。小学生時代にいじめられた経験もあって、余計に私だけを信じる。いい子にできれば褒めた。見目良く育ってくれた甲斐《かい》もあり、縋《すが》られるとずいぶん気分が良かったし、当然のことだと思った。隆は全身全霊、完璧に私のものだった。

両親はひたすら善人だった。だから誘導は簡単で、特に局部を切り取ったことについて、ずっと申し訳なく思っているとしおらしい態度を崩さなければ信用された。実の娘だからという甘さもあっただろう。

隆を連れて家を出たあと、単身で一度だけ戻り、憔悴《しょうすい》していた両親に隆が二人をおそろしく恨んでいるのだと吹き込んでみた。いじめられていたことに気付きもしなかった。清瀬家にもらわれたせいで私との結婚に壁が生じて苦痛だ。血が繋がっていないから家族だと思えなかった。家を出て清々《せいせい》している。

大体、この流れで話した。徐々に蒼《あお》ざめる両親を見て、このまま放置で構わないと判断し、翌日念のために訪ねれば首を括《くく》っていたので帰宅した。

これでもっと自由にできるようになった。どこにいても物事が上手くいったが、両親の視線が邪魔だとは感じていたため、清々《すがすが》しくなった。

すべて完璧で、なにもかも順調だった。そしてそれは当然のことだった。

そう世界というものは。

私が微笑《ほほえ》めばどこまでも明るくなるし、怒れば取り成し謝罪する。他国のことは知らない。あくまでも私の観測する、私の生きている範囲の世界のことだ。それで充分だしずっと成功していた、私の世界は私の意思通りに回った。

何かが狂い始めたのは実家を捨てさせてからの話だ。

職場での信用を得るために、下心が少ない食事の誘いは極力断らなかった。そのひとつで私は見つけた。懐柔した上司へのサービスも兼ねて出席した、とある飲み会の席だ。隣のテーブルに居た男に興味を惹かれ、酔い覚ましのためか入り口へ行った背を追い掛けた。男は私が声をかけ、背中をさすると謝罪を口にした。何処《どこ》か冷徹な眼差しが、路地に張り付く夜の暗さを眺めていた。酔っている癖に酔っていない男だった。手に入れようと思った。手に入れたつもりだったが、誤算が生じた。

朝陽大輝。ここまで私に興味のない男を初めて見た。

彼だけは私のものにならなかったし、思い通りに動かせなかった。

それで、隆の動きを見過ごした。


朝陽大輝は連絡先を交換はしたものの積極的に連絡を寄越さず、こちらからモーションをかけても反応が悪い。はじめは鈍感なのかと思ったが、エスコートはさりげなくとも一定のレベルでは行うし、それなりに見た目も褒めて来る。

ただそれが、私に興味があるから、ではなく、そうしておけばいいだろう、という計算を感じるのだ。

少し躍起になった部分はある。そのうちに甘い空気になり交際に発展したけれど、興味をすべて向けてくることはなく、その態度が余計に気に入らなくて朝陽をどうにか手籠《てご》めにしよう、と考えるようになった。

隆は私が別の男と会っていても咎《とが》めはしない。そう育てたからだ。

ソファーでなにか作業をしていた隆にしなだれかかり、やっぱり子供は欲しいね、と話し掛ければ、不意をつかれたように私を見た。

「……、養子でもとるか？」

「ううん、自分で生みたいの。ね、お願い。隆はわかってくれるでしょ？　子供が作れないのは貴方《あなた》が不能だからじゃないの」

言葉を詰まらせる夫の体を優しく撫《な》でる。父親にしてあげたいの、と囁《ささや》きかけると、安《あん》堵《ど》したように強張《こわば》っていた体から力が抜けた。思い通りで可愛《かわい》い、とは口に出さないけれど、上出来だったので微笑んでおく。

誰かから精子をもらう、という方向で話はまとまった。隆も了承し、私は朝陽の顔を思い浮かべた。

子供を作らせて囲えば、そう逃げもしないだろう。朝陽は妙に鋭いところもあるが、基本的には受身で扱いが難しいわけではない。私は思惑の成功を確信していた。

だから、中々上手くいかなかったことには、苛立《いらだ》った。


性行為に特化したホテルは寒々しいくらいに華やかで、花の香りがするボディソープで洗った体は自分で見ても完璧だった。男を誘惑するくらい簡単に行える、朝陽も行為をねだって拒否したことはない。どうせ俗物なのだと嘲笑《あざわら》いたい気分にすらなる。

朝陽はベッドに座ってスマホを眺めていた。バスローブの前をわざと緩めて近寄り、甘えるように膝に乗れば腰に腕が回ってくる。

「ねえ、早くしようよ。ゴムつけなくてもいいから」

そう誘惑してベッドに倒すが、朝陽はスマホを横に放りながら苦笑を寄越した。

「ラブホだぞ、ゴムくらいいくらでもあるのに使わないのは馬鹿だろ」

鋭い視線はこんなときでも冷静で、上に乗る私をやんわりと下ろしてから、ベッド脇に置かれているコンドームの袋を摘《つま》み上げる。

行為が始まれば思考も飛ぶだろうと思ったが、朝陽は何処か事務的に準備を済ませ、冷たい光を湛《たた》えたままの瞳で私を見下ろした。運動に伴って滲んだ汗がそぐわないほど浮いている。要らないと再び告げても彼はゴムの封を切った。お前はわがままだな、と宥《なだ》めるようでいて呆《あき》れたような口振りが忌々しい。

私を貫く間も朝陽大輝は冷静だった。何を考えているのかすらわからず、果てたあとはするりと離れてゴムを面倒そうに処理していた。

「ねえ、ピル飲んでるから本当に平気よ」

汗ばむ背中に擦り寄って囁くと、朝陽は息だけで笑った。

「そりゃいいな、ゴムもつければ余計に妙な心配しなくて済む」

「えー、なによそれ」

「お前、本当に思ってたよりわがままだな。まあ、別に、それでもいいけど」

首だけで振り向き、額に口付けてから離れていく。そのまま浴室に消えるので、なんて冷たい男なんだろうと憮然《ぶぜん》としたが、少しずつ懐柔すればいいかと思い直した。そうできる自信が私にはあった。私に懐柔されない男はいなかった。

「なあ、朝陽さんって、どんな人なんや？」

自室で寛いでいるとやってきた隆にそう問われた。部屋に入れてやり、ソファーに横並びで座りながら、素敵な人よ、とまずは妬《や》かせておく。隆は眉を下げてから、遠くのほうに視線を移した。

「明るくてええ名前やな、朝陽大輝って。全然名前負けしてへんのか？」

「顔は凄くかっこいいわよ、優しいところもあるし。ちょっと口が悪いけど、可愛げのある人よ」

「可愛げ……」

「うん、年下だしね。けど絶対に私のこと大切にしてくれるわ」

「……、朝陽さんに俺のことは？」

不安げな顔をされて溜息が出そうになったが堪《こら》える。

「まだ話してないけれど、優しいからわかってくれると思うの。もうちょっと待ってて、ね？」

膝を撫でながら穏やかに声をかければ、隆は首を縦に揺らした。

朝陽についての話は、納得させるための方便も混ぜていた。率直な感想は、どこかずっと冷静で世界への興味すらなさそうな男、から変わりはない。さっさと私のものにして跪《ひざまず》かせたい、さぞかし気持ちがいいだろう。

隆はしばらく黙っていた。そのうち不意に立ち上がり、

「ちょっと仕事してから寝るな、ありがとう聞かせてくれて」

そう言って一階へと戻っていった。

私は肌の手入れをしてから電気を消してすぐ布団に入った。もう冬で、雪の降りそうな気候に変わっていた。

春が来るまでには朝陽大輝を私のことしか考えられないようにしたいな。毛布を被りながら独りごち、彼の顔を思い浮かべるとなんだか楽しかった。

手に入れた後はどうしよう、隆には紹介しなければいけないけれど、私の言うことを聞かないはずはないから大人しく受け入れるには違いない。

隆が人の話を聞かないところはまったく想像できない。親の前でも物静かで、わがままも言わずよく言うことを聞く模範的な子供だった。私がそうなるようにコントロールした部分は勿論《もちろん》あるが、切り取ったせいで闘争心ごと眠っているのかもしれない。朝陽を連れて来ると、嫉妬心で目覚めるだろうか、もしそうなっても躾《しつけ》直せばいいか。

朝陽のことはどう納得させよう。子供ができても逃げ出さないようにしなければいけない。懐柔してしまってから及ぶほうがいいだろうか、焦り過ぎると怪しまれるかもしれないし、それに、朝陽にかける時間ならいくら捻出してもいい。まだ部屋にも入れてくれないが、付き合い続けていれば機会は必ずある。

朝陽と隆、二人の相性は、……いやそれはどうでもいいか。一度は会わせて話をする必要があるだろうけど、その後は一切関わらなくてもいいところだ。

そう思っていた。本当に。

だから隆の行動を知り、朝陽に別れを告げられて、美しい最期《さいご》を自分で決めた。

朝陽大輝。そして私の弟、清瀬隆。

線路に向かって落ちながら私は笑った。完璧なまま私は笑った。私は何も失敗しなかった。

情の薄い朝陽大輝。あなたの恋人のまま、記憶に残る死に方をしてあげる。あわよくば冤罪《えんざい》で人生を無駄にしてね、初めて神に祈っておくから。

私のかわいい弟であり、夫でもある清瀬隆。不能の愚図。私の訃報で取り乱して両親のところに行け。それで全部完璧なまま終わるから。私は綺麗《きれい》で完璧であらゆることが思い通りで成功したまままいろんな人に惜しまれるから。

落下の直前に雪が降り始めた。

不確定な揺れ方をする白雪を見上げながら、私の赤い遺体には大層似合うだろうなと嬉しくなったけど。

無数の雪の向こう側にいる朝陽大輝がどんな顔をしているのか、見えなかったことだけは残念だ。

Philia

― 幕間 ―

初めて出来た友人は引っ越しがしたいとよくぼやく。実際にするつもりはないようだったが、広い部屋に住みたいのなら家に空き部屋がいくつかあると伝えてみた。友人、朝陽大輝は、恐ろしく嫌そうな顔をしたあとに私の肩を拳で叩いた。

「加奈子の部屋片付けたか？」

「いえ、手付かずですね」

「そこが更地になったらもう一回言え」

前向きに検討するらしいので嬉しくなった。朝陽はテレビでニュースを見ながら、片手間で持ち帰りの仕事をこなしている。

やることもない私は台所に向かって料理を作り始めた。一度朝陽が寄ってきて、妙なものを入れていないか確認してから戻っていく。何も入れないと言っても信用はされない。

信用はされないが、作ったものは残さず食べてくれるので、非常に友人らしい。とても嬉しい、味付けミンチをキャベツでくるくる巻きながら、迷惑をかけたぶん報いなければと思う。

「美味《うま》そうな匂いする」

「多分美味いですよ、知らんけど」

朝陽はふっと鼻で笑い、不味《まず》かったことはない、と呟《つぶや》いた。喜んだので喜んだ旨を伝えると、お前は面倒臭いと撥《は》ね付けられた。

これが残暑の話だ。

私が朝陽に殺されかけるのは、やはりというか、雪がしんしんと降る、冬の話だ。

— 1 —

授業時間中、保健室内の机で作業をしていると、体操着姿の生徒が現れた。見覚えのない児童だ。名札にはひらがなで氏名が書かれている。シホと言うらしい。その上には一年三組とあったので、見覚えがないのも無理はないかと納得する。

全身土埃《つちぼこり》で汚れていた。膝を擦りむいているが、こちらも泥まみれだった。

「おいで、ちょっと洗おか」

シホは口を結んでから小さく頷《うなず》いた。両肩に垂れる三つ編みが合わせて揺れた。

保健室の裏口を開き、ホースつきの水道まで案内して、丁寧に泥を流した。その間彼女は一言も言葉を発しなかったが、室内に戻って椅子に座らせたところで、遠慮がちに私を見た。

「せんせい、わたしとおなじや」

少し驚いた。この地ではあまり聞くことのないイントネーションだ。

「……関西から越してきたんか?」

「うん。おとうさんのしごと、っておかあさんはゆうてた」

「そうか。……怪我は酷ないよ、消毒してガーゼ当てるな」

シホは頷き、消毒液をかけると一瞬呻《うめ》いたが、じっとしたまま手当てを受けてくれた。

授業に戻そうと思ったところでチャイムが鳴った。教室に戻るように言えば、シホは私の白衣をさっと摑んだ。身に覚えのある行動だな、と思った直後に今頃中学で授業をしている友人の顔が浮かんだ。

「ほけんのせんせい」

「うん、どないした？」

「おともだちになってください」

廊下から児童の話し声や足音が響く。シホはそちらに興味を示さないまま、じっと私を見上げていた。児童ポルノという単語が一瞬過《よ》ぎる。私の体では決定的に傷付ける行為は出来ないしそういうつもりは一切ないが、多数である客観に負ける可能性は高い。

困り果てているとシホは明らかに落胆し始めた。尚更困り、目線を合わせようとしゃがみ込む。

「お友達になるんはええけど、なんで先生と？」

思い切って問えばあっさり返答はもらえた。

シホはどうも、仲間はずれにされているらしかった。

「しゃべりかたがヘンやっていわれる」

「……担任の先生に相談したか？」

「してへんけど、ほけんのせんせいはわたしとおなじしゃべりかたやから、ほけんのせんせいとやったらおともだちになれるし、それでええやん」

シホは首を縦に揺らすまで動かない意志があるようだった。悲観的な様子でもない。妙にさっぱりしている子だなと感心を覚えるほどだった。

次の授業まで時間が迫っていた。一年三組だと再度記憶し直し、後程担任に報告すると決めてから、シホに頷いてみせる。

彼女は面映《おもは》ゆそうにしながら三つ編みを片方解《ほど》いた。何をするのかと思えば、かわいらしい飾りのついたヘアゴムを差し出してきた。反射で受け取ると満面の笑みを返された。

「きよせせんせい、おともだちやからこれあげる」

「え？」

「こんどみつあみしてあげるな！」

ぱっと時計を見てから、シホは扉に向かって駆け出した。廊下に出る手前にこちらを見て手を振ったので、女児用ヘアゴムを持て余しつつ振り返した。

「……というわけで、友人が増えました」

話し終えたところで朝陽は思い切り噴き出して笑った。星とハートの飾りがついたヘアゴムを見せると更に笑われた。失礼な英語教師である。笑いすぎて食事が喉を通らないらしく、私の作った煮魚はまだ箸がつけられない。

「笑いすぎやろ、俺の友人二号ですよ」

仕方がないので代わりに魚の骨をとっていると、

「一号として言うが、セクハラ問題に気をつけろよ」

御忠告を頂いた。私とあまり発想が変わらない。

「朝陽さん。貴方《あなた》はどうせ女学生にモテるんでしょう」

「そうでもねえよ、お前俺のことをなんだと思ってるんだ」

「すぐに手が出る人やとおもてます」

鋭く睨《にら》まれるがもう慣れている。骨を抜き終わった魚を突き出してから、自分の煮魚を口に運ぶ。少し冷めていた。長く話し過ぎてしまった、他にも話はあったのだけれどまずは食事が先だった。

夕飯を食べ終わり食器を洗ってから、眉を寄せながらスマホを見ている朝陽の隣に座った。別の話をするためだったが、違うように受け取られた。朝陽は腕を伸ばして縛ったままの私の髪を解き、スマホを下ろして卓上に置いた。腕の側面で肩を押されたので大人しく転がると圧《の》し掛かってきた。

友人か。朝陽は冷めた口調で呟く。ふと視線を送った先にはシホから受け取ったヘアゴムがあった。

いくらなんでもわかっている。通常の友人関係と、朝陽と私の関係は、まるで違うものだということは。

済《な》し崩してしまい、結局話をしそびれた。しそびれたまま日にちが経って、当日朝陽に物凄く嫌そうな顔を寄越された。

晴天だった。朝陽の職場である中学校の体育祭が行われた。養護教諭の待機するテントに向かうと、ちょうど朝陽がそこにいた。他にも数名中学教諭がいたが、顔見知りは彼のみだった。

朝陽は一瞬、なんで居やがる、と言いそうになった。予想だが多分合っている。しかし私の職業を思い出したらしく、嫌そうな顔をしつつ視線を横に投げた。暑いっすね、と嫌な顔の理由を気温のせいにしている。

「応援で来た養護の清瀬です。よろしくお願いします」

笑みを作りながら挨拶《あいさつ》し、救急セットやスペースの確認を始めた。朝陽は若干不機嫌そうなままだったが、邪険にするつもりでもないらしく器具の配置について説明してくれた。

中学校の養護教諭は妊娠中のために、体育祭の参加は断念したそうだ。応援要請のメールにそう記されていた。

小学校の運動会よりも、中学校の体育祭の方がどこか派手だ。多感な時期に入るからだろうか、勝負事という熱が多い。各クラスが仕上げた応援旗やバックボードからも熱は窺《うかが》えた。

その中にあった、山頂から太陽が顔を出す絵のところで視線が止まった。

「朝陽先生。あれは貴方の受け持ちクラスですか」

「……そうですが？」

「好かれとるんですね」

朝陽は溜息を吐きながら私と同じ方向を見た。

開催式前だが生徒は既に士気を高め、各々掛け声の練習や作戦会議などを行っている。

怪我人や病人は出る可能性が高いが、そのための応援だ。最も、朝陽がいなければ受けたかどうかわからない。

朝陽は何かあれば都度近場の教師に聞くようにと言ってから、受け持ちクラスの元へ歩いていった。

生徒と笑いながら会話をする朝陽を眺めている間に、体育祭が始まった。


― 2 ―


午前中は綱引き、玉転がし、障害物リレーなどが滞りなく行われた。綱引きで掌の豆が潰れた男子生徒が一人やってきて、見慣れない長髪男に困惑ぎみだったが手当ては大人しく受けてくれた。それ以外は特に仕事もなく、歓声や応援を聞きながら種目が進んでいく様子を眺めて過ごした。

途中の昼休憩に入ると会場の空気が霧散した。観客である保護者のところへ向かう生徒の姿も多い。弁当持参となっているようだ。少しだけ食中毒を心配するが徹底しているだろうと思うことにした。

教員用のテントを見る。朝陽の姿はなかったが、予想は出来たので喫煙所の位置を聞いた。鞄を肩から提げて喫煙所に向かえば三人ほど先客がおり、当然朝陽も交じっていた。

会釈をして輪に加われば、朝陽の横にいた男性教師に笑顔を向けられた。

「こんにちは！　臨時の養護さんですよね？　今大輝さんに聞きました、応援ありがとうございます畑山《はたけやま》です！」

張りのある声で挨拶をされて思わず一歩下がる。朝陽は煙草《たばこ》の灰を落としながら、

「畑山、応援の教諭を引かせるな」

と諭《さと》すように言った。

朝陽と畑山は仲が良いらしく、軽口を叩き合っている。内輪の雰囲気に気後れしていると、話に加わっていなかった妙齢の女性が私の立てるスペースを空けてくれた。ジャージ姿の似合う女性だったが、受け持ちは化学らしい。野口《のぐち》と名乗ってから火を消し、会釈を残して去っていった。煙草を咥《くわ》えながら朝陽を窺うと、直《す》ぐに視線を合わされた。それから畑山の肩を叩いた。

「吸い終わったなら用事を頼まれてくれ。養護のテント、清瀬先生が戻るまで見ててくれるか。休憩中でも誰か来るかもしれない」

「ええ、でも大輝さん」

「先生」

「朝陽先生、僕が不器用なの知ってるでしょ！」

「いいから行けって、生徒のためだ」

畑山に縋《すが》るような目を向けられた。

「すみません、お願いできますか。ヘビースモーカーなんです」

頭を下げつつ頼めば、畑山は唸《うな》りつつも素直に頷き、運動場の方向へ歩いていった。素直な印象を受ける。生徒人気がありそうだ。

煙草に火を着けてから鞄を下ろす。中から出した弁当箱を目の前に差し出せば、溜息交じりに紫煙を吐かれた。

「でけえ鞄持ってるからそうだと思った」

朝陽は弁当を受け取って、短くなった煙草を灰皿に放り込む。

「養護のテント、ちゃんと他の先生に見てもらってましたよ」

「だろうな。……つうか来るなら言えよ、めんどくせえ真似させんな」

「機会がなくて言いそびれました」

煙を吐き、晴れた空をふっと仰ぐ。視界の隅で朝陽は二本目の煙草を吸い始めた。

「朝陽先生。午後の部の教員リレーは走るんですか？」

ちょっと茶化したくなり問い掛けると、まず溜息が寄越される。

「断ったが通らなかった」

「ええな、写真撮ります」

「殺すぞ」

じろりと横目で睨まれつい笑ってしまう。朝陽は舌打ちをして煙草を半分ほどで潰した。スマホを出して眉を寄せてから、挨拶もなしに去っていく。片手にぶら下げている弁当だけが妙に浮いて見えた。

煙草を吸い終わってからすぐ養護テントに戻った。座ってパンをかじっていた畑山に礼を伝え、その場で自分用の弁当を食べた。怪我人や病人が運ばれてくることはなかったが、物珍しいらしく何人かの生徒に声をかけられた。対応している間に休憩が終わり、運動場はまた熱気に包まれた。

教員のリレーは最後の種目だ。応援合戦や徒競走などが続き、生徒の出番が終わったところで、教師軍団が運動場の真ん中へ向かっていった。朝陽の姿もある。目が合ったので笑顔を向けたが無視された。

朝陽は一番走者だった。ピストルの音と共に、普段は教壇に立つ教師たちが走り出す。生徒の歓声は先程までと違う熱を帯びていた。競う側から採点側に回った、高みの熱気だ。

朝陽は二位でバトンを回した。写真を撮るのはすっかり忘れていた。トラックの内側でレースの行方を見守る英語教師は、アンカーがテープを切ったところで笑いながら最終走者の下へ歩いていった。彼のチームが一番だった。

嬉しそうな朝陽を見ていると、遠い気分になった。友人になりたいと頼み、実際になってもらったが、私に彼をよろこばせることはできない気がした。


週明け、通常通りに業務をこなしている最中、何度もシホが顔を出した。他の生徒の手当てや看護をする間も、ちょこんと椅子に座って私の手元を見つめていた。

「きよせせんせい、みつあみしてあげる」

断れなかったので私の髪はかわいらしい三つ編みに変貌《へんぼう》した。鏡で確認してみるとずいぶん綺麗《きれい》に編み込まれており、思わず感嘆の息が漏れた。

「シホ、器用やな」

「ほんま？　いつもな、おかあさんのかみのけもしてあげてるねん」

「その髪も自分でしとるんか？」

「うん」

シホは自分のおさげを指先でつまみ、はにかむように笑った。嬉しそうにしてくれるのでこちらも自然と頬が緩む。

私がそれなりの年齢で結婚していれば、彼女くらいの子供がいただろうか。そう考えると加奈子の後ろ姿が過《よ》ぎった、彼女が鋏《はさみ》を向けてきたのも、このくらいの年齢だった。思考を止めると同時に、シホが私の白衣をひかえめに引っ張った。

「せんせい、どうしたん？　こわいかお」

はっとして首を振る。子供は大人が思うよりもずっと気配に敏感だ。

「すまんな、なんでもあらへんよ」

シホはまだ何かを言いかけたがチャイムが鳴った。名残惜しそうにしながらも扉に向かい、帰る前にもう一度来ると言い残した。入れ替わりのように入ってきたのは一年の主任で、シホの後ろ姿を見送ってから私の元まで歩いてきた。

「仲間はずれにされている、という子はあの子？」

主任は困ったように溜息を吐き、私が頷くのを見れば更に困り顔になった。

教師が介入し過ぎれば問題になる。かと言って放置すれば悪化の一途だ。加えてシホは現在、私のところに通うため、特別クラスメイトと打ち解ける気がない。

主任と数分話すが、妥協点は見つからなかった。職員会議に通す方向に定まり、報告書をまとめることになる。

会議までの日にちは短い。残業を決めて保健室に居残り報告書を作成した。途中で一度、今日は行けないという旨を朝陽に連絡したが、返信はなかった。

シホは私を友達だと呼んで、毎日顔を見せてくれる。習った算数や文字について楽しそうに話し、保健室を出るときはまた来ると言う。私はまったく違う意図で、朝陽に似たことを繰り返した。今も、変わりはしない。友愛の是非がわからない。加奈子ならばどう言っただろうか、私がいるじゃないと微笑《ほほえ》みながら言っただろうか。

煙草を吸いたくなり、一旦席を立った。外は日が落ちてずいぶん暗い。携帯灰皿を手に裏口に向かうが、その前に保健室の扉が開いた。シホが気落ちした表情で立っていた。

「どないしたんや、もうかなり遅い時間やぞ」

慌てて駆け寄ったところで気がついた。シホは靴を履いていなかった。

「げたばこに、くつ、なかった」

涙を堪えるような声に胸が痛くなる。対応が後手後手に回っているせいだとは直ぐにわかった。靴は勝手に消えたりはしない。

保健室にあったスリッパをひとまず履かせ、シホを職員室まで連れて行った。一先《ひとま》ず親に連絡をしなければと思っていたが、職員室に入った瞬間にシホが走り出した。彼女は中にいた男性に飛びついて、泣きじゃくり始めた。

「……清瀬先生、ですか?」

シホが落ち着いたところで、男性は私に向かって頭を下げた。シホの父親だと名乗り、シホが帰宅しないため迎えにきたのだと付け加えた。

傍で様子を見ていた主任に事の次第を報告し、シホとシホの父親と共に職員室を出る。シホは安心したのか眠っており、父親に抱かれて寝息を立てていた。

シホの父親は、私と同年代らしい。シホは家で私の話ばかりするようで、はじめてできた友達だと自慢してくるという。

手を出すつもりはまったくないと弁解すべきか悩んでいると、父親はふと立ち止まった。遅れて私も足を止める。

真っ直ぐに延びた暗い廊下の真ん中で向かい合った。日中とはまったく違い、校舎内はひたすら静かだ。どうかしましたか、と問い掛けた自分の声がはっきり響いた。

父親は言いにくそうにしてから、視線を合わせて口を開いた。

「僕も、清瀬先生と友達になりたかったんです」

「……え？」

父親は改めて氏名を名乗り、シホの背を撫《な》でながら苦笑する。私は驚きつつも頷いて、ポケットからスマホを取り出した。

スマホには朝陽からの着信があったが、通知は一旦消した。それから、シホの父親である良二《りょうじ》と連絡先を交換した。

三人目の友人は私に頭を下げ、シホを連れて小学校を後にした。

暗い夜空を見つめながら朝陽に折り返したが、何度かけても繋がらなかった。


— 3 —


職員会議においてまずは厳重注意を受けた。特定の生徒への肩入れは教師として行うべきではないという内容だ。当然の話だった。謝罪し、シホから聞いたクラスでの様子などをまとめた報告書を全員に回した。

シホの靴は見つからなかった。職員も警戒を強めたが、その後下駄箱で不審な動きをする児童は現れなかった。

重い足取りで会議室を出る。一年はクラス単位、学年単位での催しを増やす方針で決まり、一年三組内でも時期を見て話し合いを設けることになった。

私のほうは、シホにあまり構わないようにと言われた。保護者と友人になったと言い出せば話は更に拗《こじ》れるだろう。しかし、良二の申し出を断る理由が私にはなかった。友人が増えると、やっぱり嬉しいのだ。

念のため保健室に寄った。パソコンをつけて辞表を作成してから、軽くはない足取りで、帰路についた。


自宅の玄関前には朝陽が居た。驚いていると、弁当箱を押し付けられた。朝陽の顔を見るのは中学の体育祭以来だ。タイミングが合わず、電話も不通のままだった。

「首でも括《くく》ってるんじゃねえかと思った」

朝陽は面倒そうに言ってから踵《きびす》を返す。引き止めようとしたが上手く言葉が出なかった。追いかけてジャケットの布地を摑むと、怪訝《けげん》そうに睨まれた。

「朝陽さん」

「なんだ」

「あの、……友人がまた、増えたんですが」

溜息が吐かれる。朝陽は私の手を外させ、スマホを確認してから向き直ってきた。

「好きなだけ増やせばいいだろうが。人間なんて腐るほどいるんだし、友達が増えたからっていちいち俺に報告すんな」

「そうやなくて、その友人は」

「俺には関係ねえ話だろ、わかれよ」

温度のない声に一瞬背筋が寒くなる。暴力をふるうときの熾烈《しれつ》な怒りとは種類の違う怒りに思えた。

「朝陽さん、明日は部屋に」

「いつ帰るかわからねえから来なくていい」

「……忙しいですか」

「というか、しばらく来るな。今日は弁当箱返しに来ただけだ。手が空いたら連絡する、その間に死んでても構えねえが、他に友達がいるんならそっち頼れ」

朝陽は欠伸《あくび》を落とし、じゃあな、とだけ言い残して去っていく。もう引き止められず、朝陽が角を曲がり見えなくなるまで、ぼんやりその場に立っていた。


ベッドに転がりながら、朝陽の部屋をはじめに訪れた日を思い返した。追い詰めて苦しめるための訪問だった。そのためならどれだけ邪険に扱われ、殴られても構わなかった。性欲処理の道具にすらなったし、今もそれは変わらない。

いや、大半は私が仕掛けているのだから違うのか。朝陽は面倒そうにするほうが多い。そもそも友人は体を重ねたりはしない。わかっている、頭ではわかっているのだ。

うつ伏せになって体を丸めた。しばらく来るなと言われても、以前の私なら構わず訪問しただろう。

今は出来そうにない。考えることが多すぎた。明日はシホに多少は冷たい態度をとらなくてはならないし、出来るわけがなかった。クラスメイトにいじめられるということについて、私はよく知っていた。


大怪我をした児童がいると蒼《あお》ざめた教師に呼ばれ、急いで運動場へと走った。開催が迫る運動会の練習中、運動場に続くコンクリートの階段を踏み外し落下したらしい。膝の肉が抉《えぐ》れており、出血が酷かった。止血をしながら救急車を呼び、付き添いで乗り込んで病院に向かった。

シホのことは気がかりだったが、ばたついて顔を合わせる機会がなかった。

代わりに、良二から連絡が入った。日曜にシホも入れて昼食を一緒に食べないかという誘いだった。私はパソコンに眠らせている辞表のことを考えてから、承諾の旨を送った。

日曜日は曇りだった。待ち合わせの場所を探していると、膝の裏辺りに突撃されて転びそうになった。振り向けば満面の笑みで見上げてくるシホと目が合った。遅れて、息を切らした良二が現れた。シホが急に走り出したので慌てて追い掛けたが、人波にも阻まれ追い付けなかったらしい。子供は思いのほかすばやい。

「改めて話をせんとなー、とは思ってたんやけど、なかなか……」

良二はシホと似たイントネーションの関西弁を話す。奥さんは北海道出身らしいが、ほとんど標準語らしい。

シホと良二と並んで歩いた。一応、同僚に見咎《みとが》められないよう、小学校からは離れたところで落ち合ったが、今更無駄な心配だったかもしれない。

目的のハンバーグ専門店はシホのお気に入りらしく、看板が見えるなりはしゃぎ始めた。店内で親子と向き合えば、案外と似ているのだなと気付く。善人そうな目元はきっと血筋だ。それでいて妙にさっぱり話すところも、やはり血筋なのだろう。

「良二さん、シホちゃんは前の学校は、どんな感じやったんですか」

メニューを嬉しそうに眺めるシホを視界に入れつつ問えば、まず敬語じゃなくていいと言われ、さんもつけなくていいと付け足された。

「僕も様子を毎日見学に行ったりはせんから、詳しくは知らんけど……友達はよう家に来とったし、今は今で特別落ち込んでるってことはないで」

「そうで……そうか、ほな、良二さ……良二、くん？　が」

呼び慣れずにまごつけば大きな声で笑われた。反応してシホが顔を上げ、

「きよせせんせい、なにたべるん？」

と問い掛けながらメニュー表を差し出してきた。

注文を通し、シホもいるのだからと込み入った話はやめにした。良二やシホを含めた家族の近況を聞き、問い返されたので答えようとするが言葉が止まった。

私は朝陽大輝の存在をうまく人に説明できないと今更気付いた。

「今はともかく……数年前に、姉が死んだんや」

朝陽ではなく加奈子について口にすると、良二は神妙な顔で頷いた。

「死んだあとからしばらくは色々あったけど……今はそれなりに暮らしとるよ」

「苦労したんやなあ、隆くん」

「どやろな、苦労したのは俺やない、と思う」

首を傾げる良二に笑みを向け、キッチンの方向を見つめているシホに視線を移す。今日も綺麗な三つ編みが施されていた。薄紫色のワンピースがよく似合う。

程なく料理が三人分届いた。喜ぶシホは真っ先に彩りの人参にフォークを突き刺して、嬉しそうに食べ始める。好物やねん、と良二が説明した。人参のグラッセは朝陽も次々食べる料理だ。

……別の友人と居ても朝陽を思い出すのは苦痛だった。気分を変えるためさっさとハンバーグを口に運び、二人を置いて完食する。良二は驚いた顔をしていたが、そのうちおかしそうに笑い始めた。

「めっちゃ速いやん、おもろ」

「……友人にもよう言われるな」

「僕の子供やったらよう噛んで食いなさいって叱ってるけど、こんだけでかかったらもうなんも言えへんわ」

　良二はゆっくり噛んで食べるシホの頭を撫で、先生の真似するなよ、と言い含めた。真似したらあかんよ、と同意を挟んだ。シホはきょとんとしながらグラッセを頬張っていた。

　食事後雑談をして過ごした。良二もシホも楽しそうに笑っていて、私には肩の荷が下りたような時間だった。日暮れ前に解散したが、シホは見えなくなるまで手を振ってくれた。

　別れる直前、良二には、保健室に来る頻度をおさえるように言い聞かせて欲しいと頼んだ。教員側の事情を汲《く》んでもらえたらしく、妻と二人で話します、と保護者の口振りで答えてくれた。

　二人の姿が見えなくなった後、自宅に帰るつもりだった。しかし、ほとんど癖のように朝陽のアパートを目指していた。

朝陽は布団に転がりねむっていた。机の上には手付かずの弁当と、開きっぱなしのパソコンが置かれてある。相変わらず煙草の匂いが強い部屋だ。電気がついていないので多少暗い。日が落ちる時間は冬に向かうにつれて早くなる。

そっと中に入り、足音を立てないように気をつけながら、朝陽の近くまで歩いた。傍に座って顔を覗き込む。静かな寝息が聞こえてきて、少しだけほっとした。

彼の隣に転がった。しばらく来るなと言われたのに来てしまった。料理の材料もなにも準備していないし、来る意味はなかったのに、ほかに友人もできてシホのことも考えなければいけないのに、いじめに発展する前に対策して、行事も終わらせて、時間を見つけて加奈子の部屋を片付けて。朝陽は勝手に来た私を以前のように酷く痛めつけるだろうか、それでも別に構わない、構わないから訪問させて欲しい、そこまで考えてはっとした。

私は結局、朝陽を加奈子の代わりにしているだけではないだろうか。

依存しながらでなければ、生きていけないのだろうか。

「……なにやってんだお前」

響いた声に驚いて顔を上げる。目覚めた朝陽が、眠たそうな目をしながら私を見ていた。何も言えないでいると気だるげに腕が伸びてきた。頰に指が触れたが一瞬で離れ、朝陽はふっと目を閉じる。閉じたまま、ねむい、と掠《かす》れた声で呟いた。

恐る恐る擦り寄るとまた一瞬目が開いたがすぐに閉じた。やがて寝息が聞こえ始め、何故だか許されたような気がして苦しかった。

朝陽さん。俺は貴方のことが大嫌いなんですよ。

私の独り言は、眠る朝陽には届かない。

― 4 ―

二十時半ごろに起き出した朝陽は、横にいる私を見て数秒考えるような顔をした。

「マジでいたのか……何しに来たんだよ」

私の訪問を夢だと思っていたようだ。触られた頰を擦《さす》ってみるが、当然感触は残っていない。寂しさが微《かす》かに滲む。

朝陽はだるそうに体を起こし、カーテンを閉めてから電気をつけた。スマホを覗きつつ嫌そうな顔をし、溜息を吐いてこちらを見る。疲れた顔だ。口に出して指摘すると、

「忙しいんだよ、クラス持ちになったから余計に。もうすぐテスト期間だしな……」

そう言って煙草を咥えた。

帰れとは言われなかったので安心した。そろそろと身を寄せて、煙草に火を着けてから、肩でも揉《も》もうかと提案してみる。

「……養護教諭ってそういうのもできるのか？」

「全員かは知りませんが、主要なツボの位置くらいならわかるので」

朝陽は本気で疲れているらしい。鈍く頷いて背を見せてきた。煙草を灰皿に置き、肩に手を当ててみると、わかりやすいくらい凝っていた。力を入れすぎないよう気を配りながら、首筋のツボをゆっくり押した。

しばらくお互いに無言だった。どこか穏やかな時間が流れていった。朝陽はじっとして動かず、少し心配になって声をかければ、眠そうな返事が来た。肩から手を離したのは無意識だった。

「……、ヤリてえなら上乗れよ、動く気力はない」

凭《もた》れかかって抱き締めるとそう言われた。首を振ったが伝わったかはわからない。朝陽は面倒そうに唸ってから、半ば無理矢理振り向いた。

「お前、最初とは違うめんどくせえ感じになってんな。今度はなんだよ、新しいお友達関連の悩みか？」

「……いえ、良二くんは、とてもええ人です」

「じゃあなんだよ」

朝陽は若干苛立《いらだ》っていた。私の腕を振り解き、距離を離すように肩を押してくる。

「忙しいからお前に構う暇がねえんだ。いいやつならそいつに相談しろ、つうかしばらく来るなって言っただろうが」

「それは、……すみません」

「用がないなら帰れよ。メシもそこのコンビニ弁当食うからいらねえ」

「……朝陽さん」

「なんだ」

「俺と貴方は、友人なんですか？」

朝陽は口を閉じて険しい表情を作り、私から視線を外した。謝罪を口にした瞬間、空気を切り裂くように着信音が響いた。朝陽のスマホだ。彼は表示を覗き、無表情のまま着信が切れるのを待っていた。

静寂が訪れる。朝陽は舌打ちをしてから、私の胸倉を摑んだ。殴るのかと思ったが外れていて、名前を呼ぼうとしたが塞がれた。朝陽の服を握り締める指が切実そうに震えていて嫌になった。口と頭が熱かった。

そのうち朝陽は私を解放した。ふっと鼻で笑ってから、髪を摑んで引っ張った。体勢を崩し、朝陽の膝に倒れ込む形になったところで、静かな声が降ってきた。

「友人じゃねえなら、そっち用の道具に戻ると思うんだが、違うのか」

「……そう、かもしれん」

「そっちのほうがいいなら、好きにしろよ」

素っ気ない言葉に心臓の辺りが引き攣《つ》るように痛くなった。朝陽はどうでもよさそうに欠伸を漏らし、固まって動けない私の髪を再び摑む。無理矢理顔を上げさせられ覗き込まれた。どうするんだ、と冷たく光る両目に問い掛けられる。

この人は絶対に加奈子の代わりにはならない人だ。冷たさに触れて、思い知る。同時に私も、そうしてしまうくらいなら、犬に成り下がるべきなのかもしれない。

頷くと髪から手が離れた。自ら身を屈《かが》めてジャージのゴムに指を引っ掛ける。朝陽は何も言わない。ライターの音と、煙を吐く音が聞こえた。

久々に飲んだ精子はずいぶん苦かった。朝陽は蹲《うずくま》る私の背を促すように蹴り、しばらく来るな、と静かに告げた。

夜道をぼんやり歩いて帰宅した。考えることは色々あった。シホの問題、保護者との内通、今後の身の振り方。

色々あるが、なにもまとまらなかった。

朝陽の冷たい目だけが思い出されて苦痛だった。


良二がうまく話してくれたらしく、シホの訪問頻度は減った。私のところに来ないときは図書室に行くようだ。下校の前に、児童用に編集された古典名作を持ってきて見せてくれた。

読めない漢字があるらしい。一緒に開いて二ページほど読んだが、時間も遅いため続きは良二に聞くよう言った。

「せんせいはこのはなししってるん？」

「うん、知っとるよ。宮沢賢治《みやざわけんじ》でも有名な童話やな」

「すきなどうわ？」

表紙のタイトルに視線を向けた。よだかの星、と大きな文字で書かれてある。みにくくてきらわれものだった鳥が、星になるという童話だ。さみしい話だなと私は思うが、一年生にうまく伝えられる自信はない。

「……さあ、どうやろ」

適当な言葉が思いつかなかったので濁した。シホはむくれたが、おとうさんにも聞く、と言ってから本を大事そうにランドセルへ入れた。

「きよせせんせい、またあした！」

「また明日。気をつけて帰りな」

大きく手を振るシホは明るく笑っていた。扉まで見送りに出て、姿が見えなくなってから保健室に引っ込んだ。今のところ、靴がなくなった以外の問題は起きていないらしいが、気は抜けない。

少し残業してから小学校を出た。朝陽に連絡を入れるかどうか迷い、入れないままアパートを目指した。

日暮れが早く、辺りはもう暗かった。完全な夜に変わる手前が最も暗い。残光と闇が飽和する地点は、ものの輪郭が見えにくく、知らない町を歩いているような気さえする。心もとない。徐々に気温が下がり、陽が沈めば既に肌寒かった。週末行われる運動会は晴天だろうか。

朝陽の部屋に電気はついていなかった。疲れているようだったし、もう寝ているのかもしれない。外から窓の位置を眺めてみると、人間の気配自体がなさそうだった。

帰ろうかと思ったが、人影が見えて足を止めた。こつこつと規則的なヒール音が聞こえてくる。朝陽ではないことは明白だった。しかし、人影は朝陽の部屋の前までやってきた。ほとんど夜になった景色の中で目が合った。五十代くらいの女性だ。会釈をすれば、向き直って寄ってきた。一歩下がるが構いはしない様子だった。女性物の香水の香りが同時に漂ってくる。

「このアパートの方ですか？」

どこか詰問するような口調に一瞬迷う。しかし下手な嘘は得意ではなく、知人を訪ねただけだと仕方なく正直に答えた。女性は目を細め、朝陽の部屋を顎《あご》で指した。

「あちら、いつ伺っても留守なんです。ご存じ？」

「いえ、知りません」

反射でとぼけると、女性は数秒黙ったが、形骸化された礼を述べてから去っていった。姿が見えなくなり、ヒール音が一切聞こえなくなってから、物音を立てずに朝陽の部屋に入った。朝陽はいた。暗闇の中に、煙草の光だけが浮かんでいた。

隣に腰を下ろす。何を聞くべきか迷った。その間に朝陽はふっと煙を吐き、一度笑い声を挟んだ。

「しばらく来るなって言っても、本当に聞かないんだなお前は」

煙草が灰皿に押し付けられる。先端は夜の中に火花を散らした。それはよだかの星に見えたが、追う暇もなく燃え尽きた。

「先に言っておくが、追い返してくれて助かった」

「……、聞こえとったんですか」

「部屋の前で喋《しゃべ》ってんだ、聞こえるに決まってる」

朝陽はがしがしと頭を掻いて、その場に寝転がった。覗き込もうとすれば背中を向けられた。

困り果てた。予想が当たっていたらどうしようと胸騒ぎを覚える。それを察知したようなタイミングで朝陽は溜息を吐いた。舌打ちをしてから、教えてくれた。

「母親だよ。二ヶ月くらい前から、毎日のように、着信寄越しやがる。……ああくそ、めんどくせえ……言いたくねえから来るなっつってんのに、清瀬、お前はどこを殴れば俺の言うことを聞くようになるんだよ」

反射でわかりませんと答えてから、朝陽の肩をそっと撫でた。不意にスマホが振動するが、朝陽は動かなかったし、私ももう聞かなかった。

Ludus

— 0 —

父親が死に掛けているらしい。興信所か探偵かとにかく金を積んで手に入れたらしい俺の連絡先宛に、そういうメールが届いた。母親からだったが今更何を言ってやがるんだと無視して、お見舞いに行けとか今まで悪かったなとかそういう類なのかと、誰に感化されて丸くなったのか優しげな予想を立ててはみたが、次ぐメールを見て最高だなやっぱあんた俺の母親なんだなと笑ってしまった。

特に籍を抜いているわけではない。だから諸々の手続きなどが発生する。父親が生き汚く病院にしがみついている間に、さっさと財産分与というか「財産はいりませんサイン」を寄越せと、ついでに世間体のために喪主をやれと、かなり未来に射程をおいたクソのほうがまだ綺麗《きれい》なくらい現実的で情のないコメントが、俺のスマホには溜まっていった。

住所まで特定されて大したもんだった、鉢合うと面倒で遠ざけたんだがあいつはあいつで人の話をまったくきかない、俺の周りは俺の話を聞かない人間ばかりで本当に腹が立つ。清瀬の澄ました顔でも殴れば、或《ある》いはすっきりするのかもしれない。そうして欲しいようだったが、真意の程はわからない。

— 1 —

父親と母親の間に夫婦としての愛のようなものがあったのかどうか、思い出せるところまで記憶を遡っても一向に見つからず、家族で食卓を囲んだ記憶すら皆無という、完璧に破綻した家庭を確認し直すだけの徒労になった。俺の世話をしていたのは家政婦で、その家政婦も一年経たずに入れ替えになり、家とはそういうものなのだと小学生の頃にはもう納得していた。

両親が養育費を惜しまなかったのは十中八九見栄だ。そう思って生きてきたが正しかったらしい。今更捜されるとは思いもしなかった、勝手に生きて勝手にくたばると思い込んでいた。

中学で生徒を前にしながら時折考えるのは、もしも万が一俺のような境遇の、ここまで酷いとは言わなくともなにか問題があって将来は家と縁を切りたいと、そう思っている生徒がいるのだとしたら、英語含めて基礎知識は役に立つから出来るだけ覚えてそれなりの高校や大学を選んでさっさと逃げろ、ということくらいだ。

誰かの人生に深く関わるのはごめんだ。長髪の不能野郎に向けて言っているのだが、どうせこれも聞きはしない。慣れていることに嫌気が差した。

「大輝さん、最近マジで機嫌わるいっすよー、飲みにでも行きます？」

フリーズしたパソコンに向かって舌打ちしていると、畑山に声をかけられた。何度先生をつけろと言っても聞かない。後輩なので殴りはしないが何故こうも人の話を聞かない人間ばかりいるのだろうか。

「悪いが色々立て込んでるんだよ、テスト期間後に言ってくれ」

「ええー！　前も断られたのに……もしかして彼女でも作りました？　なんで教えてくれないんですか！」

「彼女はいない」

いるのは友人から結局サンドバッグに戻った男くらいだ。あいつが何を考えているのかはまるでわからないが、どっちにしろやることはそう変わらない。

不満そうな畑山に、タイミングを見てこちらから誘うと言っておく。変わり身早く笑顔になり、じゃあ帰ります！　と支度を始めた。清瀬よりも遥かに扱いやすいところは気に入っているが、なんでも顔に出すせいで生徒に舐《な》められている部分は直せと思う。

職員室は人がぽつぽつ減っていく。欠伸《あくび》をしていると化学担当の野口が珈琲《コーヒー》を入れてくれた。喫煙所でもしばしば顔を合わすため、話のしやすい部類の教師だが、普段は化学準備室にいるため珍しい。

「ありがとうございます」

素直にカップを受け取ると、野口は隣の椅子に腰を下ろした。別の人間の席だったがもう帰宅しているので何も言わない。

「朝陽先生、この間体育祭に来てた臨時の養護教諭さん、お知り合い？」

横目で野口を見るとそれだけで何かを察された。四十を越えた女の勘は侮れない、その点は俺の母親にもある種通ずる。嫌な気分だ。

俺の無言に野口は含み笑いを寄越してくる。

「喫煙所でお会いしたとき、朝陽先生のことをずっと見てらしたから、以前の学校で同僚だったのかなって」

「……同僚だったわけではないですが、確かに知り合いです」

隠しても無駄そうだったため吐いた。珈琲を啜《すす》り、ようやくフリーズから復帰したパソコンに目を向ける。あとはスペルミスがないかを確認して印刷すれば終わりだ。

野口は俺の隣でゆったり珈琲を飲んでいたが、不意にまた口を開いた。

「清瀬先生でしたっけ？　あちらの小学校、知人がいるんだけれど、養護教諭の絡んでるちょっとしたいじめ未満の騒ぎがあるって聞いたわ」

初耳だった。言えよ、と一瞬思ったが、部屋に来るな相談は新しい友人にしろと撥《は》ね付けたことも思い出した。

思わず舌打ちが出た。野口は面白そうにしているので、やはり年上の女は加奈子も含めてろくなやつがいないと内心毒づいた。

「今度聞いてみます」

「私のことは言わないでね」

こういうところも含めてろくなやつがいない。珈琲を飲み切ってから頷《うなず》き、一度スマホを確認した。母親のメールは今日はない。清瀬からは二十分ほど前に着信があったが、折り返さず鞄に放り込んだ。

机を片付けて野口と職員室を出た。喫煙所で一本吸ってからその場で別れ、今後のことを考えつつ夜道を歩いた。


顔は避けるか、と冷静に考えて下腹部を蹴り付けた。清瀬は濁った声を漏らし、腹を押さえながら蹲《うずくま》る。吐くかと思ったが堪《こら》えたらしい。髪を摑んで引き摺《ず》り、相変わらず清瀬の作業場である机まで真《ま》っ直《す》ぐ向かう。

清瀬はソファーに自ら乗った。ネクタイを緩めつつ歩み寄り、なんだかな、と失笑する。こいつはマゾなのだろうか。再度髪を摑んでうつ伏せにし、もがく体を何度か殴れば、うう、と震えながら呻《うめ》いた。

長い髪の隙間から苦しそうな顔が見えている。腰を上げさせ、スラックスを下着ごと引き抜けば、嫌がるように身を捻《ひね》った。肩甲骨を肘《ひじ》で押さえ付けながら脱がし切り、それでも嫌がるので苛立《いらだ》ち浮き出た背骨を拳で叩いた。上半身が完全に沈む。上がったままの下半身が無様だが、清瀬の嫌がる理由はそこにはない。未だに見られることを嫌がるのだ、この面倒な長髪は。

「い、たい、朝陽さん、」

短く呼吸しながら訴えられるがサンドバッグに戻ったのはお前の意思だろうと更に苛つく。無理矢理足を開かせて捩《ね》じ込めば、濁った叫びが部屋に響いた。うるせえよ。黙って犯されろ不能。嫌なら優しい男か女王のような女を探せ。そう吹き込んでから、髪の狭間に見えたうなじに思いきり嚙みついた。清瀬は叫び、ソファーの布地に強く爪を立てた。

ほとんど泣き声のまま呻いたり喘《あえ》いだりしながら、清瀬は俺に暴行された。終われば蹲り手探りで服を掻き集め始める。腹が立つ、俺が一方的に悪いかのように振舞うなよお前がこっちのほうがいいと選んだくせに、ふざけてんのか。そのまま声に出して罵倒すれば、すみません、とまだ少し涙を含んだ声で謝ってくる。

舌打ちを落とし、取り出した煙草《たばこ》に火を着ける。その間に服を着込んだ清瀬は、ためうようにしながら寄ってきた。横目で睨《にら》みつつ乱れた髪を無造作に摑み、自分側に引き寄せて強張《こわば》った表情を間近で覗く。

「お前、妙にしおらしいな。余計にめんどくせぇ」

探るつもりで聞くが、さっと視線を外される。込み上げた苛立ちをギリギリで抑え、

「親のことで気遣ってるなら余計な世話だ、自分のことだけ考えてろよ」

言い捨てながら腕を離した。清瀬は黙ったまま煙草を指先で転がしつつ、朝陽さん、と静かな声で呟《つぶや》き俺を見た。

それから、

「部屋、余っとるから、しばらく泊まっても構いませんよ」

読めない顔と腹のまま言って来る。

「あ?」

「いつまでも、居留守できるわけやないでしょう。俺は、朝陽さんやったら、匿《かくま》います」

言葉が終わった瞬間胸倉を摑み、間髪入れずに頰を殴った。よろけた体を足で踏みつけるように蹴り、床に這った姿を苛立ちながら見下ろした。何言ってんだお前、そんなこと頼んでねえだろうが、そもそもここに来たのだってお前が来てくれって言ったから仕方なく来ただけだ、何を自分の中で決め付けて余計な気を回してるんだサンドバッグの癖に。唸《うな》る体を思い切り蹴ってから隣を過ぎて玄関に向かう。朝陽さん、と縋《すが》るように呼ばれるが無視した。それでもよろけながら追い掛けてきて、行かないでください、と倒れたときに嚙んだのか唇に血を滲ませ言い始める。

舌打ちを落とし、二階へと続く階段を見る。先は電気がついておらずどんよりと暗い、加奈子の気配が微《かす》かにある。

「……加奈子の部屋、どうせ片付けてねえんだろ」

清瀬は緩く頷き、でも、と取り成すように続ける。

「今度、良二くんが片付けを手伝ってくれるから、すぐ片付きます」

またそいつか、と名前を聞くことに飽きと違和感を持つ。清瀬は袖口で血を拭い、俺の腕を引いてリビングに戻らせようとしてくる。振り払って壁に凭《もた》れ掛かり、良二くんか、と口に出す。

はっきり言って清瀬は相当騙《だま》しやすい。言うことは聞かないし大概ずうずうしいのだが、そもそもの生い立ちのせいで一度信用すると中々揺らがないように見える。こいつの姉は言葉巧みにこいつを操り続けた。後遺症みたいなもんか、と思いはするが首を突っ込み過ぎたくはない。

良二のことはまったく知らないが、最近知り合った男の家に来る、更には加奈子の部屋の片付けを請ける、とは、距離の少ないずいぶんな善意だ。そこまでする義理はないように思う。ついでに清瀬は今職場でも問題を抱えているらしいから、弱みにつけ込まれている可能性はなくはない。どうするか、俺の言葉を待つ姿を横目に見ながら、逡巡《しゅんじゅん》する。

好きに殴れて性欲処理ができるという点において、清瀬と会う意味はある。料理はどちらでもいいが、出てくるぶんには楽なので構わない。

だがそれを越えて深入りしすぎるのは、結局俺がポスト加奈子になるという話なわけだ。

「その良二ってのは、ただの友達なんだな？」

探るために問うと清瀬は目を見開いた。考える素振りをしてから、勿体《もったい》つけるように口を開く。

「……いえあの、肉体関係、とかは、あらへんけど……」

予想外の返答に気が抜けそうになる。多少心配したのが無駄だったようでなによりだ、もういいか放っておこうという方に傾いた。それなら勝手に仲良くしていればいい、清瀬が良二とどういう意味で懇意になっても関係はない。

「ああそう、じゃあ今度良二くんが片付けてくれたら呼べよ。ただ俺は親以外のことでも忙しいからな、いつもお前の言うことを聞くとは限らねえぞ」

「次の日曜には片付くから、すぐ越してきてくれてもどうにかなります。親御さんも俺の家にいるとは思わんやろうし、それに」

「俺の問題はお前の問題じゃねえぞ、掏《す》り替えるな。とにかく今日は泊まらない」

まだ何か言いたそうな清瀬に一瞥《いちべつ》をくれてから玄関に向かった。もう追い掛けて来なかったが、気をつけて、という言葉だけは閉まりきる扉を擦り抜けて聞こえた。

秋も終わりに近い。息が微かに白かった。ジャケットの前をきっちり閉めて、一度スマホを覗くがまた着信が連なっていたので消した。

そろそろババアとも話し合うか。誰もいない夜道で呟くと、遠くのほうでサイレンが聞こえた。

なにかとことごとく、憂鬱《ゆううつ》だ。

― 2 ―

テスト期間の校舎は廃墟《はいきょ》のように静かで、何故かといえば生徒はテストのみを受け直ぐに帰宅するからなのだが、教員はそういうわけにはいかないと相場が決まっている。むしろ忙しいほうなのではないだろうか、特に採点をし成績を付ける立場にいれば。

職員室のムードもそれなりに悪い。あまり口を開かないまま業務を続け、煙草を吸おうかと明るいうちから生徒の姿がない廊下に一旦出る。微かに楽器の音が聞こえてきた。殆《ほとん》どの生徒は帰宅させるが、大会が迫る部に関しては活動を許しているので、吹奏楽部のものだろう。

外の喫煙場に向かうと演奏の音がはっきりと聞こえた。窓を開けているのか、ふっと音楽室の方向を仰ぐがそういうわけでもなさそうだ。よく聴けば和音ではない、どこか死角の位置で個人練習でもしているらしい。廊下の突き当たりには非常階段があるためそこにいるのかもしれない。

こういう、つまらないことの理由を考える癖が昔からある。恐らく親のせいだが、子供の頃の記憶は消えていてもこびりついて時折足を摑んでくるから堪《たま》らないなと嫌になる。

煙草を吸いながら、サックスのソロ練習をずっと聴いた。そういえば母親はよくクラシックを聴いていた、と思い出した瞬間吐き気がして、煙を吸い込み誤魔化した。

母親にやっと連絡を返した。会う日程を決め、部屋には来るなとついでに付け足す。あいつが来るからだ。拒否しようが結局来る、あの長髪は俺の話をまるで聞かない。忙しいからお前の家には行かないと言って突き放すが、帰れば食事を作って待っている。

テストの答案を携えて帰宅すると、清瀬が台所に立っていた。煮物の香りが部屋に充満しており、はからずも腹が鳴ってしまえば、清瀬はおかしそうに笑って食卓に料理を並べ始める。

自分を殴り、手酷く犯し、暴言を投げつける相手にこうも尽くすのは、一体何故なのだろうか。

なんだか疲れていた。面倒に思いながら机の前に座り、大根と鶏肉の煮物、野菜味噌汁《みそしる》、焼き魚という和食をぼうっと見る。いつだったか和食が好きだと話してからはこういったメニューが多くて毎度ながらよく頑張るなと感心する。

「朝陽さん？」

清瀬が隣に座りつつ覗き込んでくる。瞳の中には俺が映った。食べへんの、と心配そうに聞きながら、俺の顔をじっと見つめてくる。こういうのがいた気がするな、なんだったか、食べ物を持ってきては家の前に置いていく、という風情の昔話……童話？　が、あった気がする。

箸を持って、正座したままこちらを見ている清瀬から視線を外す。焼き魚を適当に割り、米と一緒に口へと運ぶ。今は何時くらいだろう。こいつはまさか泊まる気じゃないだろうな。いくつか採点をしてから寝たい。色々なことを考え、母親のことはわざと脳から抜いているとは気付きつつ、ああくそこいつの料理だけは好きだな、と考えなくてもいいことまで及んでいって、思わず食べる手をとめる。

「清瀬」

「はい、どないした？」

腕を伸ばして、髪を縛るゴムを引き抜く。広がった長い髪を掌で押さえる姿を横目に見ながらお茶を飲み、肩を押さえてその場に倒すと、慌てた様子で止めてくる。面倒臭い。圧《の》し掛かって、鎖骨の上に顔を埋《うず》める。料理の匂いが髪からほのかに香り、清瀬自体の匂いというか、皮膚から立ち上る熱を嗅ぎ取って、俺はなにをしてるんだと頭の隅で思いつつ、そのままふっと目を閉じた。

寝入ったわけではなかった。まどろみながらも意識はあって、そのうちに、恐る恐るといった様子で、頭に指が触れた。無視していると掌全体が乗り、頭頂部から下へ向かい、また上に戻ってと、往復し始める。

「疲れとるんですか」

返事をするのも億劫《おっくう》で無言を貫いた。清瀬は撫《な》でることをやめないが、口は閉じて体の力を抜く。

このまま寝る、と思ったところで思い出した。

「ごんぎつねか……」

え、と清瀬の間抜けな声が響く。ごんぎつねだよ、と返答をして、確かあいつはいたずら好きの狐《きつね》で、主人公のとった魚を逃がしてしまって、それが病気の母親のためだったことに気付いてから、せっせと家に食べ物を運ぶようになる、そういう狐だと順序よく思い出す。そして最後は……。

意識しない笑い声が漏れた。腕をついて体を起こし、まだどこかぼんやりしているなと思いながら、置いたままの箸を持つ。

「朝陽さん」

清瀬は身を起こし、心配そうに声をかけてきた。奪いっぱなしのゴムを返して食事を再開すると、目の端で髪を縛り直す姿が見切れた。

「食い終わったら帰れよ。忙しいって何回言えばわかるんだお前は」

さっさと料理を食べ進め、煮物は食べきれないという意思表示のためラップを渡す。

「忙しいのはわかってますよ。せやけど朝陽さん、俺はどうあがいても養護教諭なので、人の健康は気にかかります……ずっと顔色がよくないんですよ、朝陽さん」

清瀬は煮物にラップをかけながら、慎重な様子で話し出した。込み上げた苛立ちを抑えつつ、空になった茶碗《ちゃわん》をごとりと卓上に置く。職業病で済まされる訪問頻度じゃねえんだよ、どうでもいいからほっとけめんどくせえ、来れねえように足の骨でも折ってやろうかサンドバッグ野郎。

暴言をいくつか浮かべるが飲み込み、改めて清瀬に向き直る。静かな両目が俺を見る。

「……、ババアに連絡して会う日程は決めた。適当に遺産は要らないってサインをして帰って貰《もら》えば済む上に、テスト期間が終わればあとは冬休みを待つだけだから問題はすぐ解決する。それまで大人しく待ってろよ、待てができねえ犬なんか飼う趣味はねえんだ俺は」

「いえ、でも」

「言い返しもするな、俺の問題は俺の問題だって何回言わせる。お前だって小学校で色々問題抱えてんじゃねえのかいじめ問題に巻き込まれたらしいじゃねえかよ」

言ってしまってから失態に気付いた。清瀬は不意をつかれた顔をしたが、やっぱりそうか、と呟いてから、真剣な目で見つめ返してくる。

「その件は、半分くらいは現状維持で現在対応中ですが、俺は多分退職ないし異動という処置になります」

は？　と思わず聞き返す。退職異動となれば、話はまた違う方向に変わってくる。

「清瀬お前なにやらかした？」

「端的に言うなら、被害児童に肩入れし、その親御さんと通じてます。リスク承知でしたが事情があって……」

そこまで言われれば流石《さすが》にピンと来た。こいつの口から出る人間の名前なんて限られている。

「シホってのが被害児童、良二がその親父ってことか」

清瀬は頷き、次いで微苦笑した。手に持ったままの器を机に置き、溜息をひとつ落としてからまた口を開いた。

「運動会が行われたんですが、シホはクラスにまったく馴染《なじ》めていないので、行くのを嫌がったんですよ」

「……順当な反応だな」

「はい。親御さん、良二くんと結衣《ゆい》さんは、学校側とも相談したのですが、シホは俺がいる養護のブースにいてもええなら行く、と言ったそうです。……保健室登校の出張版みたいなことやな」

「それ自体は悪くねえだろ。悪いって判断下すのは結局学校側だ。個人の意思が優先されてのホームスクーリングが合法の国だってあるんだ、日本にすぐ倣えって言いたいわけじゃねえが、教室内で問題が起きてるんなら自宅学習、保健室登校っていう選択はあってしかるべきだろ。実際に認めてる学校だってどっかにはあるだろうし、うちにだって保健室登校の生徒はいる」

清瀬はすこし驚いたような顔をしたが、ふっと和らいだ笑みを浮かべてから頷いた。

「似たような意見を言いました、学校に」

それは問題だった。お前馬鹿じゃねえのか、とつい口に出す。

「当事者で児童に肩入れしてて親とも繋がってるやつがそう発言しちまったらそりゃ、……退職か異動だな」

「浅慮でした、感情が先走りましたね」

「お前、感情のコントロールがド下手クソだな」

「貴方《あなた》に言われたくありませんよ、朝陽さん」

ふふ、と笑い声を漏らしてから、清瀬は空いた皿を持って立ち上がった。流しに持っていく後ろ姿に、結局どうなったんだ、と問い掛ける。

「シホですか？　……運動会には来ましたよ、俺の横に座って嬉しそうでした。他の先生方は苦く思ってたかもしれんけど」

女子児童と男の養護教諭、という点が更に事態を悪化させている気はする。清瀬もそこは自覚しているのだろうが、なんにしても不可解なのは、何故親である良二とも友人になったのかという点だ。

一瞬聞こうかと思ったが、肉体関係はないと言われたことを思い出し口を閉じた。なにか釈然としないものがある。清瀬の口から聞いた情報の断片だけでは、良二の人間性は判断できない。

皿を洗い終わった清瀬が戻ってきた。朝陽さん、と静かに呼びながら、傍に座ってわかりやすく視線を投げてくる。

抱く気力も殴る元気もあまりなかった。ふっと視線を外して煙草を引きずり寄せる。用事がねえなら帰れよ。突き放してから煙草に火を着けた。清瀬は無言のままだったが、無視していると帰り支度を始めた。

「また来ます」

そう言い残して清瀬は帰宅した。俺は清瀬が出て行った玄関を見つめながら、ごんぎつねという哀れな動物の最期《さいご》をぼんやり思い出していた。

— 3 —

父親が連れて来る不倫相手は中学生の俺に興味を示すことが多かった。或いは母親のように振舞って、或いは下卑《げび》た意味での興味を持って、父親の目を盗み話し掛けたり連れ込もうとしたりと、余計な手出しをされていた。

目を盗み、というのも、結局は盗めていなかったのだが、父親は別段不倫相手を咎《とが》めはしなかった。俺も適当にかわして、面倒さを感じてからは塾や習い事の申し込み用紙を持って帰宅し、親のサインをもらってそっちにいる時間を増やした。その中にあった英会話が今も役には立っている。

母親は堂々としたもので、不倫相手を連れ込むときに俺がいると、扉を見張れとなんでもない様子で言ってきた。父親に隠れて及んでいるからではなく、他にも数人いた男に見つかり修羅場となるのを避けるためだった。

大人の女から逃げたり見張り番をやらされたりするうちに、周囲を窺《うかが》いつまらないことを考える癖がついた。教師には案外使えるスキルで、何かに没頭するにはまったくマイナスのスキルだった。

そしてもういい、面倒だ、と切り捨てる癖もついた。明日地球が終わると決まったとしても、一切変わらないであろう親を思えば、さっさと諦めて次にいってしまったほうが面倒ではない。この循環を繰り返して、深く他人と関わることもなく過ごしてきた。

破綻した親だったが、奇妙なことに別れない。

おかげで今、縁を切ったつもりの母親と会わなければならないのだが、……この上なく面倒だ。

指定したのはチェーンの喫茶店で、母親も老けただろうから見ただけじゃわからねえかもな、なんて思っていたが店先の日陰に佇《たたず》む女を視界に入れた瞬間背筋が寒くなり、案の定それは母親だった。冷たい眼差し、年齢の割に若く見える輪郭、すっと伸びた背筋。俺を認めた瞬間に目が笑わないまま口角だけが上がった。日陰からは出ず、入り口を視線で指し示す。

人間を使い慣れているやつの仕草だと思った。デザイナーだったかアドバイザーだったかをやっていたはずだが、今もそうなのかは知らない。

土曜の昼飯時だが、店内は空いていた。遠慮なく四人掛けのテーブルを選んだ母親の後ろを仕方なく追い、斜めの向かいに腰を下ろす。寄ってきた店員には珈琲をふたつ注文した。俺がではなく、目の前の母親が。

「久し振りね大輝。やっと顔を見せる気になったみたいで良かったわ」

感情の見えない話し方をされて既に席を立ちたい気分だった。母親は素知らぬ素振りで上等そうな黒いバッグを膝に置き、中から書類をいくつか取り出す。世間話をする気はないらしい。溜息を吐きつつ、自分も鞄から判子やらペンやらを取り出した。

母親は一旦動きを止めた。出した書類の表面を伏せながら、

「はじめに確認したいんだけれど」

と勿体つけて話し出す。

「なんだよ」

「あなたの最近の動きは殆ど調べたのよ。清瀬加奈子という女性は本当に自殺で間違いないわね？」

一瞬何を言われたのかわからず固まった。最近、と言われはしたが、加奈子が死んだの

は年単位で以前の話だ。

背筋が冷える。加奈子の話題を出すということは、次に出す話題も予測出来たからだ。

言葉を探している間に、母親は更に喋《しゃべ》り続ける。

「清瀬隆さんは加奈子さんの弟さん、で間違いないかしら」

まったく予想通りの台詞《せりふ》だった。わざわざ聞く意味はわからないし、母親の目は無感情で読めない。

「……調べてんなら、俺に確認する必要は、ないだろ」

探りを兼ねてどうにか返せば首を傾けられた。あなた馬鹿ね、とでも言いたげな仕草だ。

「私が聞いているのは、どうして死んだ恋人さんの弟さんと関係を持っているのか、ってことよ」

失礼します、と店員が珈琲を置きに来る。俺も母親も睨み合ったまま動かず、店員は察してすぐに去っていったが、話が仕切り直しになることもなかった。

「あなたの部屋の前で私を追い返したでしょう、清瀬隆さんは」

「知るか、不在だった」

「鍵で中に入っていったんだから、私に知らないと嘘をついて追い返した、という部分は正しいのよ。極論、あなたが清瀬さんとお付き合いしてるのだとしても一向に構わないけれど、性的趣向の意味では支障が出かねないから聞いていています」

このババアなんの話をしてやがる、とじわじわ混乱しながら視線を泳がせた。近くの席には若い学生風の女三人組、小説を読んでいる中年の男、小さい子供を連れた父親が見える。その奥にある喫煙室に駆け込みたい気分だ。まったく前に進まない逃げだが、本気でそうしたい。

母親は溜息をひとつ吐き、伏せていた書類を音もなく差し出してくる。

「やっと捕まえたから種明かしをするけれど、あの人は特に死に掛けてないわ。元気よ、寿命はまだ先みたいね」

「……あ？」

「私の目的はあなたを家に連れ戻すことです。あの人、主人も合意の上で、諸々手を回しました。私たちと縁を切れるという餌をぶらさげれば渋々でも顔を出すと思って嘘の話を送ったんだけれど、案外時間がかかったわね。ストレートに謝罪したいから会いたいという路線のほうが良かったかしら」

既に話についていけなかった。連れ戻す？　何の話をしているんだこいつ？　戻るわけがねえだろ、馬鹿なのか？　様々な疑問符で脳が埋め尽くされていたが、どうにか視線を動かして差し出されたままの書類を見る。

知らない女の写真が載っていた。横には簡易プロフィールが書かれている。大体を悟ってしまい、怒りを通り越してほとんど無に近い気分になった。母親は特に何事もなかったかのように話を再開した。

「そもそも、私たちが何故別れないのか、あなたは考えたことがある？」

無言でいると笑い声が挟まった。

「突き詰めれば、お金が好きなのよね。私もあの人も。子供を生んだのもそのためだから、やっと機会が回ってきて良かったわ」

「…………」

「こちらのご令嬢は主人の得意先の令嬢です。家に戻って彼女と所帯を持ちなさい。でも急に言っても飲み込めないとはわかっているから、まずは清瀬隆さんとの関係清算からしてきてちょうだい。教師になってくれてよかったわ、手続きをすれば近場に異動するのも通常の企業よりは簡単にできるでしょう。英語専攻ならいくらでも潰しがきくし、あなたが賢くてよかったと本気で思ってるわよ、大輝」

近くに座っていた親子連れが席を立った。はしゃぐ子供の声を耳で捉えながら、完全に理解ができなくなった母親の話を削ぎ落とそうと努力する。

俺はこの女が不倫をしている間、よく見張り番をしていた。無視して放り出せばよかったが、できない理由があった、それを今はっきり思い出して吐きそうだった。

父親は本気で俺に興味がないだけの道楽主義だった。この女は違う。反抗すればするほど跳ね返ってくる、嫌なやり口で。見張りを放って友人の家に出掛けた俺は二度とその友人と遊べなくなった。引っ越してしまったからだ、こいつが親という権利であらゆるところに手を回したからだと子供ながら感じ取った。

黙ったままでいれば、母親はおもむろに席を立った。時計を見て、また連絡すると言い残し、二人分の珈琲代を机に置いた。

俺はしばらくそこに座っていたが、そうしていても何も解決しないため、喫煙室に寄ってから料金を支払い店を出た。

最優先でやることは決めている。清瀬をさっさと隔離して、火の粉が飛ばないようにすることだ。あいつがどうなろうと関係ないが、俺の問題に引きずり込む理由もない。だがその前にどうにかして良二という男と会ったほうがいいかもしれない、家族ぐるみなら嫁と子供がセットのほうが望ましいか。清瀬をぶん投げても良さそうなのかどうか、それよりも小学校の教諭の中で良さそうな人間を見繕うほうが良いのか。野口の知人がいるらしいがそいつはどうだろう、野口自体はある程度信用できる柔軟さが垣間《かいま》見《み》える教師だが、知人のほうはどうかわからない。というよりもなんでこんな面倒なことを考えねえといけないんだ時限爆弾かよ、令嬢なんて単語日常生活で聞くと思わなかった、政略結婚させるために子供生んだとかあいつら本気でイカれてやがんな、まとめて事故にでもあって死んでくれねえか本当に、ああくそなんで清瀬にまで辿《たど》り着いてんだよマジでめんっどくせえ！

― 4 ―

考え込んでいる間にアパートに辿り着いていた。換気扇が回っていて、料理の匂いが漂ってくる。和風出汁《だし》の香りだ。こいつはこいつで毎日来やがって、本当に呆《あき》れるがここまで来ると逆に笑える。一応は加奈子から解放されて、素性は知れないが友人もできて、問題はあれど児童にも好かれて、人生のやり直し期間中なんだろうと俺でも思う。これ以上無茶苦茶になるなよと、逃げ出せたんなら光の方向見誤るなよと、立派な教師のようなことを不真面目な教師だが思う。

「あ、朝陽さん。お帰りなさい」

清瀬は入ってきた俺を見て笑顔になり、茄子《なす》で煮浸《にびた》し作りました、とかけっこう好きなほうの料理を見せてくる。

俺はそれを払い落とすしかないので、払い落とした。こいつの料理を無駄にするのはかなり久し振りだった。硬直した姿を睨みつけて胸倉を掴み、壁に思い切り押し付ける。清瀬は呻き、困惑した様子で俺を見る。睨んだまま俺はどこまでやれば来ないだろうな、半殺しにするしかないか、いやそれでも来るかこいつなら、じゃあどうする、説明するか、それだと余計に心配してくるか、と色々な反応を考えた末に、渦巻いた感情の一切を出来る限り押し殺す。

「清瀬」

「どう、したんですか、朝陽さん。しますか、サンドバッグなので、拒否しません、が、」

「悪いが、二度と来ないで欲しい」

深刻に聞こえるようにゆっくり話すと、清瀬は二度瞬《まばた》きを落とし、どないしたんですか、と問い掛けてくる。

俺はお前がけっこうかなり大嫌いだ。好きに殴れて性欲処理ができて便利だが大嫌いだ。でも別に憎くはない。料理は美味《うま》い。こう毎度毎度通われて、美味い飯を食わされていると、胃袋を掴まれたとか抜かして結婚した大学時代の知人やらを思い出す、大輝は遊び人気質だしなあと揶揄《やゆ》されたことも思い出す、大輝くんは私を好きになってくれないと昔の女に泣かれたことも思い出す、清瀬は黙ったまま息を詰めて俺の言葉を待っている。

俺はお前がけっこうかなり大嫌いだ。だがそれは恐らく最近までの話で、俺は料理を持ってきているのがお前だと知っているのだから、猟銃は下ろす。逃がして、好きなところに行かせる。それで話は終わる。

「結婚することになったんだよ、昔の彼女と連絡を取ってた」

清瀬は目を見開き何かを言いかけたが言わせず続ける。

「最近かなり忙しかったが、まめに世話を焼いてくれてた。情の欠けた不能のクズでも絆《ほだ》されることはある、ここのアパートも引き払って別のところに移り住むし、お前とは会えなくなる上に、この妙な関係をいつまでもずるずる引き摺ってるわけにもいかねえ。彼女のためにここには来ないで欲しいが、真っ当な友人になるんなら、それでもいい。たまに会って馬鹿話して別れるくらいの、面倒じゃねえ付き合いができる友人としてなら構わないが、頻繁に会ってセックスまでして半分同居してるような関係は清算する、そう決めた」

しばらく無言だった。清瀬は驚いた顔のままだったが、徐々に俯《うつむ》いていき、わかりました、と呟いてから、急に腕を伸ばして抱きついてきた。全然わかってないじゃねえかよとキレそうになったが、顔が押し付けられた肩口辺りが濡《ぬ》れ始めたので、口には出さなかった。

背中を撫でると、泣き声を漏らし始めた。貴方のせいやないですか、とほぼ聞き取れないが聞き取れてしまった声で詰《なじ》られる。清瀬はぼろぼろ泣きながら俺を詰る、貴方のことが大嫌いです、なんなんですかほんまに、俺は朝陽さんがおらんかったら加奈子との不自由な幸せのままでおれたのに、それを台無しにしたのは貴方で俺を助けてくれたのも貴方やないですか、アホなんですか、ほんまに情のないクズやな、容赦ない暴力教師、嫁さんにそんなことするなよ冷酷無情男、貴方のことが大嫌いです、なんで俺やったらあかんのですか。

こいつ俺が好きだったのかと、少し考えればわかったが考えないようにしていた事実を思いつつ、一言だけ謝った。

清瀬はしばらく泣いてから顔を上げ、目を合わせないようにしながら玄関に向かった。一瞬引き止めそうになったが無駄な感傷だ、伸ばしかけた指で煙草を引き摺り出し、一本咥《くわ》えながら玄関に背を向ける。

がちゃん、と扉の音が響く。火を着けて溜息と共に煙を吐いたところで、

「朝陽さん」

と涙交じりに呼び掛けられた。

振り向くと、ずいぶん酷い顔をしたままの清瀬が、小ぶりの箱を持って立っていた。

「玄関の前に、ありました」

「……特に何も注文してねえけど」

部屋間違いだろうか。一応受け取り表面を見るが伝票はない。しかしなんとなく、母親の仕業か、という予想はあった。

「受け取っておく。お前は帰れよ」

「……、いえ、あの、……開けてもらってええですか」

「あ？　なんで」

「だってそれは、大きさが」

いいいいいいい、ちょうどよすぎる、と清瀬は半ば蒼《あお》ざめながら言う。それから近付いてきて、箱を無理矢理開けた。

中に入っていたのは子供用の靴だった。意味がわからず口を閉じた俺の沈黙と、蒼白《そうはく》になって口を閉じた清瀬の沈黙はまるで意味が違って見えた。

俺がおぼろげながら、凶悪なものが裏で動いたということを理解したのは、恐る恐る手を伸ばした清瀬が靴を片方持ち上げたときだった。

靴のかかと部分には、志穂と名前が書かれていた。清瀬に懐いている「シホ」だとは、考えなくともわかった。

なんでここに、と清瀬は呻くように言う。俺は舌打ちを落として、あのババアやりやがった、と思わず吐き捨てる。

感動的に別れを演出したんだからもう少しタイミング見ろよボケと思いながら、唖然《あぜん》としている清瀬を室内に入れ直そうとして、逆だ、と思いつき鞄を引っ摑んで外に出た。清瀬は靴の箱を抱えたまま、わけがわからない、という顔でついてくる。

「あのアパート、お前が合鍵あっさり作るくらいだからセキュリティもクソもねえんだろ」

「ええ、まあ……せやな」

「せやな、じゃねえよストーカー野郎。入り込んで盗聴器やら監視カメラやら取り付け放題ってことじゃねえか、お前が頻繁に出入りしねえなら別にどうでもいいんだがあぁクソ！本気で迂闊《うかつ》だった、畜生！」

擦れ違った学生にぱっと距離をとられたが構わず何度か罵倒を繰り返し、理解が追い付いてなさそうな清瀬の腕を乱暴に摑んだ。逃げないようにぎっちり握り締めて引っ張りながら、どうせ誰かに後でもつけられてるんだろうなと最悪なパターンで想定する。それなら外で会話をするのも得策ではないだろう。

「朝陽さん、あの、一体何が？」

「あとでゆっくり説明する、とりあえずどっか、お前の家も怪しいな、……それ持って良二の家もまだダメか、人目がなくて無闇に誰かが入ってこないとりあえず籠城《ろうじょう》できるところを言え」

「……えっと、ラブホですか？」

「それでいい行くぞ」

「いや待てや、もうちょっと説明してくれんと、奥さんができる人とラブホテルなんて入るわけには」

「入ってから説明するが、とりあえず話を摺り合わせる前にこれだけは多分確定だから言う」

繁華街の方向に向かって道を曲がり、飲食店の裏側を通りながら清瀬の腕をぐっと引く。うわ、とかなんとか言いながらよろけた体を逆の腕で受け止めて、清瀬の耳に口を近づけた。外ではちょっとと言い出したのでそうじゃねえよボケ聞かれねえようにだ色欲魔かと罵倒を挟み、清瀬を狭い通路の汚そうな壁に押し付けつつ、できるかぎり声を抑えて言葉を続ける。

「いいか清瀬」

「な、なんですか」

「俺の問題とお前の問題は、恐らく地続きで起きたことだ」

ばっと俺を見た清瀬にちゃんと説明すると付け加え、とんでもない面倒さを感じながら、路地裏の切れ目に向かって再度歩き出す。

清瀬はわかりました、とだけ呟いて大人しくついてくる。俺ももう何も言わず、腕も離してちょうど良さそうなホテルを探すほうに注力した。

今のところこいつだけは俺が全身信用できる相手だった。

いつかはこいつだけが一切信用できない相手だったのに、妙な話だ。

Agape

― 幕　間 ―

運動会直後、保健室を訪れたシホは珍しく他の児童と一緒だった。私にも見覚えがある。運動会の練習中に酷い怪我をして、共に救急車に乗り込んだ児童だ。骨にもひびが入っていたせいで、今もまだ完治には遠い。運動会間際の怪我だったために参加も見送ったようだ。だから顔を見るのはあれ以来だった。

「おにいさん、きよせせんせいとおはなししたいんやって」

シホは松葉杖をついている彼のために率先して扉を開閉し、どうぞ！　と明るく言いながら椅子を引っ張ってきた。

「ありがとう」

「けがしてるんかわいそうやもん、いたい？」

「そんなに痛くないよ、ちょっと動きにくいだけ」

「ほんま?」

「うん、本当」

二人は笑い合い、親しげな様子だった。

やりとりをどこか安堵《あんど》の気持ちで眺めつつ、シホ用の椅子も出してくる。並んで座った二人の対面に、キャスターつきの椅子を持って来て座れば、彼がすっと背筋を正した。

「清瀬先生、怪我をしたとき、ありがとうございました」

頭を下げられてちょっと驚く。ずいぶん礼儀正しい子だと次いで感心した。シホはにこにこして私と彼を見比べている。

「運動会は残念やったね。ギプスが割れたとか、慣れへん松葉杖で別のところを怪我してもうたとか、問題があったらすぐ言うてな」

彼は再び礼を述べてから、清瀬先生、と子供らしからぬ深刻な顔で話を続ける。

「おれ、先生の力になれるかもしれないです」

「……? 力?」

何の話だろう、と思いながらすっと彼の名札に視線を向けた。その間にシホがけんたろーおにいさん、と無邪気に呼び掛け、私は正面に視線を戻した。彼はシホの頭を撫《な》でてからこちらを見た。

「五年二組の野口健太郎《けんたろう》です。いろんなこと、聞きたくて来ました」

野口、と声に出せば、健太郎は頷《うなず》いた。中学で出会った野口先生の血縁で、間違いがないようだった。

— 1 —


「どこから説明すればいいんだろうな……」

朝陽はジャケットを脱いでベッドに放りつつ、面倒そうにぼやき始める。周りを警戒しながらラブホテルに入り、一先《ひとま》ず空いていた一室に収まったが、私の方もかなり混乱していた。

胸に抱えたままだったシホの靴を一旦机に置き、ルームに設置されているソファーに腰を下ろす。苛立《いらだ》ちを隠せない様子で部屋の中をうろうろしていた朝陽も、溜息を吐きながら隣に座ってきた。横顔が険しい。結婚するらしいが、違う相手とホテルに入って大丈夫なのだろうか。

いやそれよりも私の問題と彼の問題が地続きとは、どういう意味なのだろう。

「……朝陽さん、ええと、とりあえずあの靴について、知ってることから話しましょうか?」

朝陽は頼む、と短く言って前かがみになった。組んだ足の上に肘《ひじ》をついて、なにかを考えるように眉を寄せている。

「あれは、シホの靴で間違いありません。そもそもいじめ問題は、クラスに馴染《なじ》めていなかったシホの靴がなくなったことから始まります。我々職員は、シホが馴染んでおらずに保健室に入り浸《びた》る点を取り上げ、クラスメイトの反感を買ったのだろうという方針で、該当クラス内での話し合いや、一年の合同集会で核心には触れないように道徳の授業を行う、と……朝陽さん的に言うんやったら、クソ温《ぬる》い対応でろくな成果もあげんまま一因と見られるどっかの長髪養護男に責任を負わせかけとる、ってとこですね」

「お前、けっこう怒ってるのか学校に」

「当たり前やろ。シホも良二くんも俺の友達ですよ」

そう言い返すが、朝陽は苦笑もせずに数度頷いた。小学校の対応が間違っているとも言い切れないのが現状だとはわかっている。何故ならば靴も見つからず児童の中に犯人も見当たらず、宙ぶらりんにしてしまうには保護者各位に話が伝わり過ぎているのだ。けじめをつけざるを得ない、というときには、シホに肩入れをしている養護教諭を切るのが一番だ。

「いじめ問題の発端に関してはそのくらいです。他、俺から提供できそうな話はありますか」

聞けば、朝陽は眉間の皺《しわ》を濃くした。溜息を吐いてから上体を起こしてソファーに凭《もた》れ掛かり、横目で私を見た。

「……、清瀬。俺は良二ってのもちょっと疑ってる」

予想外の言葉につい言葉が詰まる。その間に朝陽は煙草《たばこ》を取り出し、

「単純に、どんなヤツかわからねえからだよ。シホの親父、ってのは理解したが、その親父となんでお前が友達になるんだ」

そう言ってから火を着けた。

「……良二くんと初めて話したのは、靴のなくなったシホを、彼が迎えに来た時です」

説明しながら私も煙草を咥《くわ》える。ライターを探していると火を着けた状態で差し出された。礼を言って先端を炙《あぶ》り、吸った煙を吐き出しながら続ける。

「その時に友人になってくれと言われたのでなりました」

「は？」

朝陽は怪訝《けげん》そうな顔をしながらこちらに顔を向ける。

「なんだそりゃ、おかしいだろ」

「おかしくないですよ、友人になってほしいなんて言われたことあらへんから嬉しかったです」

「……、……、いや、おかしい。いくらガキが世話になったからって、相当の変わり者かお前に気があるか、他にも何か裏がないとそんなことは言い出さない。最悪の場合俺のバ

バアが上手く使った可能性だってあるだろそれは」

かなり苛ついた口調で話され少し慌てる。良二のフォローを入れようとして、しかしそうすればまた怒られるかもしれないなと思い留まる。朝陽は私の葛藤を見逃さなかったようで、ふっと煙を吐いてから顔を近付けて来た。

「何隠した、全部吐け」

「……いえ別になんも」

「頼むから何も隠すな、俺は今、お前しか完璧に信用できるやつがいねぇ」

う、と思わず声を漏らす。朝陽は真剣な顔で頼む、と再三続けた。この人は既婚者になるのに何故私だけしか信用できないというのか、その理由も吐けばわかると気付いて観念した。

「……、ババアって呼んどるのは、母親のことですよね？」

「そうだが？」

「…………今日喫茶店で会ってた人で間違いないですか？」

朝陽は少しだけ目を見開いて、視線を横に滑らせる。

「……間違いない、が、なんで知ってる」

「いえその、……良二くんがその人に使われとる、ってことは絶対にあらへんと、今日の出来事に関しては言い切れます」

「つまり?」

半分くらいは察したらしく、朝陽は若干呆《あき》れ気味に聞き直してきた。すみません、と先に謝る。

「朝陽さんが母親に会う日は貴方《あなた》から直接聞いたので知ってたから、ええーと、……俺やったらばれてまうので、良二くんにその、」

「俺のあとをつけさせたってか?」

「………そうです」

認めた瞬間に胸元を裏拳で叩かれた。信用を失ったかもしれないと蒼《あお》ざめ更に謝ろうとした瞬間、朝陽が凭れ掛かってきた。そのまま腕まで巻き付いてくるので、本気で慌てた。煙草が、と焦りながら漏らせば、手早く奪われ灰皿に捨てられた。

「あの、朝陽さん」

「良二に俺と母親の会話も探らせたか?」

「……探らせました……でも席がそんなに近くなくて、シホも連れとったから、全部ってわけやなくて」

「結婚がどうの、って話だけは聞いたんだな?」

「……その通りです」

背中を一度強めに叩かれる。ストーカー野郎、と次いで罵倒されたが、朝陽は私を抱き締めたままだった。

「俺が結婚するからもう来るなって言ったとき、お前にしてはあっさり納得したなとはちょっとだけ思ったんだよ……そういうことか、俺が帰る前に確かに親子連れが先に帰った。あれが良二とシホか、俺がアパートに戻るまでに、お前は良二から連絡を受け取って、いざ俺が帰ってきたら素知らぬふりで出迎えたってことか、じゃあマジでそう言えよ修羅場演じようとしたのが滅茶苦茶恥ずかしいだろうが……」

「なんでですか、結婚するんやないんですか？　お見合い写真見せられてたって聞きましたけど、朝陽さんの世話を焼いてくれてた人なんやろ？」

思い切り背中を殴られた。思わず痛い！　と声を漏らせば、黙れと一言牽制《けんせい》してから離れていった。

「俺の世話を喜んで焼いてたやつなんてお前しかいねえよ馬鹿か？　事実関係の齟齬《そご》があるからまずそこから正すが、結婚しない。あれはあのババアが勝手に持って来た。その上でこの女と結婚して実家に戻れって命令してきただけだ、……いやそれ自体は構わないといえば構わないんだが、なんせ一番手っ取り早いのは言うこと聞いておいて大人しく実家に戻る、って選択肢だからな。絶対戻りたくはねぇが一番面倒は少ない、親が俺の生活にほぼ口出ししないのは体感として知ってるから、結婚生活自体は普通に送れたとは思う。だから清瀬、お前がいなきゃ多分そうする方向で諦めてた」

え、と思わず聞き返す。朝陽は苦笑しつつ私を見て、結婚はしない、と言い含めるように繰り返した。

今度は私が彼に凭れ掛かる番だった。そろそろと手を伸ばして腕を巻きつけるが、朝陽は押し退《の》けようとしない。それどころか背中に腕を回して宥《なだ》めるように擦《さす》ってくる。この状況じゃなければお前誰やとでも言っていたくらいらしくなかったが、悲しいことに嬉しさが勝った。

巻きつけた腕に力を込めて更に密着する。泣きそうだったがそれは堪《こら》え、朝陽さん、と何とか名前を呼ぶと両腕で抱き締められた。

「……いちゃついてる場合じゃねぇけどな」

朝陽はそう言いつつも倒して来る。

「え、朝陽さん、頭とか打ったんですか、俺に優しいなんてありえへん……」

「ブチ殺すぞ」

「嫌です、け、結婚も、せんで欲しい」

「しねえって言っただろうがしつこいな」

半ば混乱しつつ、服に手をかけ始める朝陽を見下ろす。どうせならベッド、と言いながらもまったく抵抗する気が起きず、下腹部を撫でられてると変な声が漏れた。

この人だけは私の不能を笑いはしなかった。ずいぶん遠く思える昔に馳《は》せつつ、自ら服を脱ごうと身をよじる。

そのタイミングで私のスマートフォンが鳴り響いた。一瞬無視しかけたが、朝陽が出ろよと言いながら離れたので渋々取り出した。

「あ、良二くんや」

そう呟《つぶや》いた瞬間、スマホは奪われた。朝陽はスピーカー表示で勝手に通話ボタンを押した。

「お前が良二か」

思い切り喧嘩《けんか》腰《ごし》で驚き、慌てて起き上がり良二くんと呼び掛ける。良二は事態を飲み込んだのか飲み込んでいないのかわからないが、

『えーと、朝陽さん？　と一緒なんか？　ほんならまたあとでかけるけど』

とのんびりした口調で返してきた。朝陽は毒気を抜かれたのか、意外そうな顔をして、ちらりと私を見てからスマホに向き直った。

「朝陽大輝だ。あんたのことは、清瀬から多少聞いてる。それから色々聞きたいことがある」

良二の背後でシホの声がする。遅れて男の子の声も響き、これは健太郎か、と思ってから、まだ朝陽に説明をしていないと気付いた。

今説明すべきか迷っていると、良二が先に口を開いた。

『初めまして！　後ろでしゃべっとるんは娘の志穂と、友達の健太郎くん。僕は高石良二。気軽に良二でええですよ！』

朝陽は言い掛けていた言葉を止めた。

高石、と呟いてからこちらを見たので、頷きだけを返した。私が良二を信用する理由がわかったらしく、朝陽は面白そうに口角を吊《つ》り上げた。

— 2 —

『あ、そうですそうです。僕の母親が隆くんの親御さんと仲が良かったんですよ。そんで、オカンからいろいろ話聞いとったもんやから、絶対今大変とちゃうんかって思ってたら、娘の学校の先生でしょ？　友達になるわそんなん！』

　良二の話しぶりに朝陽はちょっと引いていた。畑山属性か、と呟いたので、彼を慕っている様子だった教師の顔を思い出した。確かに近いかもしれない、陽キャとでも言えばいいのだろうか。

『今日あとつけてほんますみません、隆くんにどうしてもって頼まれて断れへんかってん。なんや深刻な顔でお話ししてはったからあんま聞くのも悪いなあと思ったし、志穂も連れとったから断片しかわからんかったんで、そこは勘弁して欲しいんですが……。え？　隆くんですか？　そらもう半泣きで頼んでくるんですよ朝陽さん、彼氏なんやったらもうちょっと構てあげたほうがええんとちゃいますか？』

「彼氏ではない」

『ちゃうん⁉』

「違う。それよりも今日話してたバ……母親のことなんだが、ちょっと面倒なことになってな。良二さんにも迷惑をかけると思う、はじめに謝ります。すみません」

『隆くんに聞いてたよりも礼儀正しいやん……』

『おとーさんだれとはなしてるん？』

『んー？　隆くんの彼氏やで』

「彼氏では……いやもういい、それよりもだな」

とんでもない羞恥《しゅうち》プレイを行われて何も言えなくなり黙った。その間に朝陽と良二は会話を進める。内容は私と朝陽に起きている問題についてのダイジェストだ。良二は驚きつつも真剣に聞き、たまに質問を挟んでいる。

それを聞きながら、彼氏ではないならなんなのだろうかと悩んだ。先程までの甘い空気は一体なんだったのか。

考え込んでいると、健太郎が迎えが来たと言い始め、良二が保留にしかけたが、朝陽は必要ができたときにこちらからかけると言って勝手に切った。

背中を叩くと睨《にら》まれた。スマホを投げるように返してきて、立ち上がって部屋に置かれている食事のメニュー表を手に持った。

「流石《さすが》に腹が減った、もう晩飯時だろ。なんか食うぞ」

「……カレーにしといてください」

「不貞腐《ふてくさ》れてんじゃねえよ、ほら」

メニュー表を差し出されたので渋々受け取る。料理の写真を見ると腹が鳴り、朝陽に鼻で笑われた。

結局カレーにした。朝陽は眉を寄せながら牛丼を頼み、料理が届くまで煙草を吸って待ってから、並んで食べ始めた。時間を見ると十九時くらいだった。色々あった一日だが、明日以降はもっと色々あるのだろう。気は重い。

「清瀬」

溜息を吐いていると、あまり箸が進まない様子で話し掛けてきた。

「なんですか」

「お前にも色々迷惑かける、悪い」

驚いて覗き込むと神妙な顔をしていたので更に驚く。朝陽は牛肉を一口放り込んで咀嚼《そしやく》してから、テーブルのほうに視線を向けた。そこにはシホの靴がある。先程良二に靴の話はしなかったが、恐らく本人が後ろにいたためだ。健太郎も……。

あ、と声を漏らす。スプーンを下ろし、

「健太郎くんの説明してへんかった。あの子は一ヶ月くらい前、運動会後ちょっと経ってから俺のところに来たんです」

健太郎についての説明を始めると、朝陽は続きを促すように目を向けてきた。

「ええ子なんですよ。シホがクラスで浮いとるのをお父さんから聞いたらしくて、力になりたいゆうて来てくれたんです。シホもよう懐いとるし……朝陽さんも聞いてませんか?」

「ん? 何を」

「野口健太郎くんってゆうんです。朝陽さんの同僚の、野口先生の弟さんが、健太郎くんのお父さんなんですよ」

朝陽は思い切り目を見開いてから、堪えきれなくなった、という様子で笑い始めた。

「ど、どうしたんですか」

「いや……確かに多少齧《かじ》り聞いた部分はある。こっちも信用できそうで良かった」

「はい、シホは健太郎くんが喋《しゃべ》り方を変じゃないって言ってくれたから、本当に喜んで懐いてます。いじめ問題もおかげで好転しとる」

「あれさえなけりゃな」

視線は靴の方向で止まっている。そのままの状態で、朝陽は牛丼を掻き込んでいった。

朝陽の言う通りだ。シホがクラスに馴染んだとしても、靴を誰が持っていったか、という問題は未解決になる。責任をとるとなれば、視線が向くのはやはり私だ。その上、現在私達の手元に靴はある。

どうすれば最適解になるのだろう。カレーを食べ進めながら考えていると、先に食べ終わった朝陽がまた話し出した。

「お前が今日俺を見張らせてたって聞いて、良二と話してみるまでは、あの靴をまずい時限爆弾だと思ってた」

朝陽は冷蔵庫を開け、別料金であるお茶のペットボトルを一本引き出す。

「そもそもババアの考えそうなことなんだよ。あの靴は言うなればお前の信用を地に落として粉々にするための爆弾だ。多分だが、お前を調べた上で、高石志穂って生徒が懐いてるってわかった時点で組まれた罠《わな》みてえなもんだよ。でも靴を持っていったのも、実際に調べて諸々行動したのも、ババア本人じゃなくて金で動いた誰かだろうな。なんせ、喫茶店にいた良二とシホに気付かなかったんだ。あとは爆発するだけだと思ってそっちの周辺を詳しく調べはしてないんだろう。お前に親類がいないせいで、簡単に潰せそうに見えるしな」

「貴方の母親は会うたこともあらへんのに俺を憎みすぎやろ」

「憎むというか、単純に邪魔なんだろ。お前が俺の部屋に出入りしててメシ作って肉体関係まであるってあのババアは知ってるからな……」

問題発言にカレーを吹きそうになったがどうにか飲み込んだ。

「そっ、そうなんですか？」

「そうだ。お前と俺が同時に部屋にいるタイミングで靴を置いたってことは、二人いるってわかってたってことだろ。盗聴でもしてると思う。で、あれをどちらか一方に送るという手がとられなかったのは、目撃者を作るため、逃げ道を狭めるためだろう。お前だけに送った場合、下手すれば捨てるなり隠すなり、なかったことにする。俺だけに送った場合は博打《ばくち》になる、俺がお前に必ず報告するっていう責任は持てないからな」

「……俺に渡したいだけやったら、小学校に俺宛で送れば早かったように思えるけど」

「それじゃただの愉快犯だろ。郵送だと足もつきやすい。お前が所持してる、って小学校側に知られなきゃいけねえわけだ。要は、シホの靴がなくなるという騒動の犯人をお前にしたかった、ってこと」

「えっ、酷すぎるやろババア舐《な》めとるんか？」

つい罵倒してしまったが朝陽に気にした様子はない。むしろにやにやと笑いながら、お茶のペットボトルを投げて寄越してくる。

「お前のその、腹の底が案外激しいところは嫌いじゃないな」

「なんやそれ」

「話を戻すぞ。お前が小学校に居られなくなって、そのまま消えちまえばババアは御の字なんだ。俺が大人しく言うこと聞くなんてまるで思っちゃいねえんだろう。だから外堀を埋める準備を細々進めてた、って考えるのが妥当だ。お前側に問題を起こさせて俺から無理矢理引き剝《は》がす、そうすれば俺は恋人が実は変態ロリコン教師だったってことになって、事実を知ってようが知らなかろうが大なり小なりショックは受ける。ついでにババアに逆らえないと悟って気力もなくす。そこを叩き落として連れ戻せば、ほとんど思い通りって寸法だな」

　思うところがあったので挙手する。顎《あご》で促されたので、

「せやけど朝陽さん、なんで俺が良二くんにわけを話して靴を返す、って選択肢が除外されとるんですか？　良二くんやったら、俺を信用してくれると思うんやけど」

　そう聞けば、初めて見るくらい嬉しそうな笑顔を向けられた。ちょっと引いた。

「言ったろ、ババアは高石家側についての詳細を調べてない。喫茶店にいた良二とシホに気付かなかった上に、その選択肢がねえんだよ」

「……、俺、いや、清瀬家と高石家の親交を知らん、ってことですか？」

「そういうことだ」

　朝陽は大股で近付いてきて、私の肩を両方摑む。殴られるのかと思ったが引っ張られて抱き締められた。背中を労《ねぎら》うように何度か叩き、マジで助かった、と温度の高い声で言ってくる。

「ババアが爆発すると思ってる爆弾は、既に鎮火してるんだよ。お前と良二のおかげで。だからあれはもう脅威にはならない、お前が主犯ってことになって、退職させられる必要もねえ。そしてそれにババアは気付いてない、完全に裏をかけてるんだ。これで問題はほ

ぼ解決する」

段々抱き締める力が強くなっていく。苦しい、と漏らせば緩まったが、腕自体は離れていかない。困りつつも問題が解決するのであれば嬉しく、初めて褒められたような気もして尚更嬉しい。

抱き返そうとした瞬間に朝陽は離れた。追い掛けようと腕を伸ばすが、浴室の方向を視線で示され思わず照れた。

「変な顔してんじゃねえよ、風呂行け。その間に明日ババアに会えるか連絡しておく、いつまでも思い通りのガキじゃねえんだ俺も」

「……はい、あの」

「ラブホだからな、期待には応《こた》える」

言質をとったので、言われた通り浴室に向かった。尻目にスマホを取り出す朝陽の姿が映ったが、聞かないようにさっと扉を開けて中に入った。

シャワーを浴びながら朝陽の話を思い返した。朝陽は母親のことが本当に苦手なのだろう。私も、彼が連れて行かれるのは嫌だ。出来る限りのことはなんでもしたい。

加奈子のことも、同時にふっと思い出した。彼女になんでもしていたのは、ほかに誰もいなかったからだ。捨てられる恐怖を思えば従うしかなかった。今は、シホや良二がいて、健太郎もいる。野口とも改めて話したいし、故郷近辺に住んでいる高石にも、今度連絡してお礼をしたい。

何より私には朝陽がいる。彼に従属しているわけではないと、はっきり言えた。私はただ単純に、あの人の力になりたくて、そばにいたいだけなのだ。

部屋に戻ると、朝陽はオーケーサインを作って見せてきた。母親に明日会うということだろう。頷きつつ隣に座り、続いて浴室に向かおうとした姿を引き止めた。朝陽は苦笑し、向き直って髪を撫でてきた。

「まあ、時間はまだあるしな……」

部屋にある時計は二十一時前だった。ベッドに倒されながらそれを確認し、明日、と聞きかけるが塞がれたので大人しく力を抜いた。

脱ぐと寒いな。朝陽の呟きに同意しつつ、ぼうっと天井の灯りを見た。

もう殆《ほとん》ど冬だ。この人と初めて会った時期がまた来たのかと、妙にていねいに抱かれながら考えた。

―3―

　煙草の臭いで目を覚ました。ぼんやりしながら臭いの元を辿《たど》ると、ソファーに座って煙草を燻《くゆ》らせる朝陽がいた。無表情でスマホを眺めていたが、私の視線に気付くと微《かす》かに笑いつつおはようと言ってきた。

「……昨日からずいぶん優しくて、落ち着きません」

　正直に告げると肩を竦《すく》められて尚更落ち着かなくなる。昨晩もやたらと丁重に扱われてぐずぐずだったことを思い出し、居た堪《たま》れなくなってきた。

　うつ伏せになると足音が聞こえた。腕の隙間から覗けば、慣れた動作で髪を摑んで引っ張られた。

「いっ、痛い！」

「こういう方がいいのか？　ストーカーな上にマゾの変態かよ、相手探しに苦労するな」

「離せや！」

　朝陽は一声笑ってから手を離し、ついでのように傍からも離れていった。相手探しもなにも貴方がいるやろうと思いつつ体を起こし、脱ぎ散らかしたままの服を拾う。朝陽は既に着替えていた。無地のシャツにジーンズというラフな格好だが、装飾のなさが似合うなと思う。

服を着てから朝陽の隣に座った。煙草に火を着け、無言で前方を見つめている横顔をそっと窺《うかが》うと、視線はそのままに口だけが開いた。

「ババアは用事があるらしいが、夕方頃には俺の部屋の前に来るよう呼び付けた」

頷くと、朝陽は溜息とも呼吸ともつかない息を漏らす。

「良二に連絡とれるか？」

「あ、はい、日曜やし良二くんも休みやとは思います」

「出来れば、呼び付けてくれ。シホの靴はババアに会う前に返しちまおう。また盗られて厄介なことになるかもしれねえからな」

「ほな、シホは呼ばんほうがええですね」

頷きが返ったので、スマホを取り出し良二に連絡を入れた。メッセージは直《す》ぐに返信が来て、昼食ついでに会おうかと書かれてあった。朝陽の了承を得てから繁華街まで来て欲しいと頼めば、あっさりオーケーが返ってきた。

卓上に置いたままの靴を見る。あれが私を陥れるための爆弾だった、そう改めて思い返しぞっとする。良二と懇意になっていなければ、私はどうしていただろうか。捨て去ることは出来なかったと思うが、持ち続けるという選択も取れない。朝陽の母親の思惑通り、追われる覚悟で学校に報告し、色々なものが壊れていたかもしれない。

短くなった煙草を灰皿に捨てる。そのタイミングで朝陽は立ち上がり、黒いジャケットを羽織った。

精算を済ませて部屋を出る手前、急に振り返った朝陽に抱き締められて驚いた。壁側に押されて口を塞がれ、しかし応えようとした瞬間に手は離れる。

「なん……なんですか、海外ドラマみたいやないですか」

らしくなさに突っ込めば、朝陽はばつが悪そうに眉を寄せた。

「良二がお前をもっと構えって言ったからな、そうしておくかと思っただけだ」

「俺の言うことは聞いてくれへんのに良二くんの言うこと聞くんはおかしないですか？」

「お前は俺の言うことも聞かねえだろ、というか俺は今までお前の言うことをどれだけ聞いてやったと思ってんだよ。しつこく部屋に来る哀れな男を追い返さないでいてやって、クソ遠い田舎まで夜通し走って迎えに行って、加奈子の写真も燃やしてやって、抱いてくれって言うから抱いてやって、もう一回田舎まで行かされて、それから」

「せやけど朝陽さんの言うこと聞いたことやってあったはずや、思いつきませんけど」

「思いつかないならなかったってことだろ、いいか清瀬今日は絶対に俺の言うことを聞けよ、そうすれば上手くいく」

「ほんまですか?」

「少しくらいは信用しろ」

話をしながらエレベーターに乗り込み、ホテルの外に出た。空調の効いたエントランスを抜けると寒さが通り過ぎていった。駐車場の暗がりに冬の気配が吹き溜まっている。寒い。両手とも上着のポケットに突っ込んで、気温が急に下がったなと声には出さず呟く。加奈子の命日のある季節だ。朝陽に出会った季節でもある。

黙っていると片腕を引かれた。朝陽は冴《さ》えた目をしながら、顎で繁華街の方向を指す。首を縦に揺らしつつ、促された方へ進んだ。雑居ビルや飲食店の立ち並ぶ風景の隙間に、朝の光が見えている。


良二と落ち合うまで多少時間があった。待ち合わせのファストフード店に入って、ドリンクで席を確保し時間を潰す。目の前で朝陽もアイスコーヒーを啜《すす》っていた。二人で外出するのは、私の故郷についてきてもらって以来だろうか。殆ど家で会ってばかりだ。諸々解決したあとは、こういった時間もとりたいなと思う。

店は多少混んでいた。日曜だからか親子連れや学生風のグループが多い。もしかすると学校の生徒もいるかもしれないが、朝陽は気にした様子もなく、むしろ何を考えているのかわからない顔をずっとしている。

じっと見つめていると不意に視線を合わされた。気だるそうに口が開く。

「加奈子が死んだって聞いて、俺がその時一緒にいたって知って、俺を疑ったか？」

急に問われて直ぐに言葉が出なかった。掌を見せて思考時間を乞い、思い出す時間が少なくなった、妻で姉だった加奈子の姿を引きずり出してくる。

「……、一瞬は疑いましたけど」

「けど？」

加奈子は朝陽の前で飛ぶことを選んだ。その方が清瀬加奈子らしかった、と私は無意識では考えていたのかもしれない。

彼女は私のものだったわけではない。私が彼女のものだった、ぬかるみのような視界の中で麻痺《まひ》した生活を送っていた。彼女は絶対だった。誰かに殺される、ということがあるはずはないと今でも思う。

それに加えて……。

「朝陽さんを初めて見たときに思ったんですよ。世の中がどうでも良さそうな人やな、って」

「まあ、間違ってはない」

「実際に付き合ってみて余計にそう思たから、わざわざ殺人っていう面倒なことはせんやろうな、と自然に思いました。朝陽さんは面倒臭がりで世間の大体がどうでもよくて情が薄くて暴言と暴力の多い問題のある人やから」

机の下で足を蹴られ、そういうところが、と言いかけるがやめる。

「とにかく、警察が調べてもシロ、目撃者もおったから加奈子が自分で落ちたって証言された、ここを加味しても朝陽さんが疑われることはあらへんと思いますが、なんで急に？」

「いや、確認というか」

朝陽は数秒考えるような間を置いてから

「ババアにも確認されたんだ、清瀬加奈子は本当に自殺か？　ってな」

と自問のように話した。

朝陽の母親とはアパート前で一度話したが、暗かったためにあまり顔を覚えていない。でも、妙に事務的な話し方をする人だった。あの人が、私や加奈子の素性を調べているのか。両親が心中したことも、既に知っているかもしれない。

ずいぶん入念に思う。私がいなくなれば朝陽を連れ戻しやすいと判断されたことについては買い被りすぎなのだが、朝陽の生活に立ち入っている人間は私くらいでもある。

朝陽は冷めている。朝の太陽が冷めた光で闇を取り払うような、冷たい印象が拭えない。母親から見た印象もそうなのかもしれない、だから余計に、私と深く関わっている現状を問題視したのだろう。実際に朝陽は、私がいなければ大人しく帰っていたとも発言している。

机の下の足を蹴り返す。相手の女性がどんな人かは知らないが、連れ帰られるわけにはいかない。

「朝陽さん。諸々片付いたら、俺の家に引っ越して来てください。加奈子の部屋ももうあらへんし、俺もひとりは、寂しいので」

朝陽は首をななめに傾けながらどうでもよさそうにコーヒーを啜っていた。もう一度足を蹴ってやろうかと思ったが、その前に鼻で笑われた。

「ひとりじゃねえだろ。加奈子加奈子ってうるさかったときに比べて、お前の周りには人が増えた。これからも多分増える、そのときにまた考えればいい」

「上手くはぐらかそうとせんでください」

「はぐらかしてねえよ。……まあでも、考えておく。自動的に料理が出てくるのはありがてえしな」

朝陽の考えておく、は、前向きに検討する、だと思っている。直球で言ってくるのは暴言だけの男だからだ。嬉しくなったので足は蹴らず、手元のホットコーヒーに口をつける。店内は暖房が効いているが既に少し冷めていた。

客の入れ替わりを眺めている間に時間が過ぎた。昼前にひょっこりと現れた良二は、人が良さそうに笑いながら私達のテーブルまで歩いてきた。

「隆くんは髪長いし目立つから探しやすくて助かるわ！　あ、この人が朝陽さん？　初めまして高石です」

「昨日も喋ったろ。座れよ」

立ったままの良二を一先ず隣に座らせ、改めて朝陽に向き直る。この三人でテーブルを囲むのは奇妙な気分だ。良二は特になにも気にしていないのか、朝陽さん男前やなあ、と呑気《のんき》な口調で話している。

朝陽に視線で促されたので頷いた。靴の箱を持ち上げて、

「良二くん、靴、見つかったんや。渡すな」

言いながら差し出せば、良二は一瞬きょとんとした。

「え、ほんまに？　なんで？　どこにあったん？」

「昨日は色々あって説明省いてしもたけど、ほんまは昨日見つかった。……複雑な話なんやけど……」

そのあとは朝陽に引き継いだ。昨晩話したことが殆どそのまま良二にも伝わり、私達は騒々しい店内の中で数秒沈黙した。はじめに口を開いたのは良二だった。

「おおきに、よくわかった。ほんで、僕は隆くんを信用するし……朝陽さんのことも信用する、というか、あっさり渡されたら疑いようもあらへんというか、とにかくありがとう、これでシホが安心してくれるんが一番うれしいわ……清瀬先生が取り返してくれたゆうたら、喜ぶやろうしな。ほんまにありがとう二人とも」

良二は何処《どこ》か安堵したように笑い、靴を大事そうに膝へと置いた。私もほっとする。ちらりと朝陽を見るが、口元に手を当てながら考え込んでいる様子だったため、表情はわからなかった。

「……とりあえず、移動しよう。母親が来るのは夕方だから、まだ時間がある」

席を立った朝陽に続いて立ち上がる。良二はスマホを取り出し、この先に美味《うま》い飯屋があるねん、と店舗までの地図を検索し始めた。

移動の途中で朝陽は何も言わずにコンビニに寄った。煙草でも買うのかと思ったが、酒のコーナーでしゃがみ込み、ワインやらブランデーの瓶をひとつずつ手に取りラベルを眺めていた。

「なにしとるんですか、朝陽さん」

話し掛けつつ隣にしゃがむと、朝陽はふっと息だけで笑った。

「あのババアとシラフで話せるわけねえだろ」

白ワインの瓶を持ってレジに向かう後ろ姿を、複雑な気持ちで眺めた。先にコンビニの外に出て、待っていた良二と雑談を交わしている間に朝陽も戻ってきたので、再び飯屋に続く道を歩いた。

朝陽がぶら下げるコンビニの袋からは、ワインの口が少し覗いていた。


— 4 —


「清瀬、良二。お前達には証人になって欲しい」

昼食の焼き魚定食を食べながら朝陽はそう話し出す。証人、と鸚鵡《おうむ》返しをしたのは良二で、朝陽は頷いてから味噌汁を啜った。

「ババアと会うからな。秘密裏に物事を処理すればこっちが不利だ。良二と清瀬が親密だってことを、あのババアは知らねえ。だからこそ二人をセットで連れて行って、鼻を明かしてやろうと思う」

「……せやけど朝陽さん」

口を挟むと睨まれた。多少優しくしてくれるのは完全に二人きりのときだけらしい。

「ただ証人になるだけって、朝陽さんになんでもやらせすぎやと思うから、他になにかできることがあるんやったら」

「ない。特にお前にはねえよ大人しくして俺の言う通り黙ってろ、良二を呼んでもらったのはお前が勝手に要らねえことしないように見張っててもらう意味もあるんだわかったかよ言うこともろくに聞かねえ長髪クソ養護」

朝陽の暴言に驚いたらしく、唐揚げをタレに浸していた良二がぱっと顔を上げた。

「クソ養護て朝陽さん、隆くんて、僕の印象やと穏やかーで、やさしー、保健室のおにいさん！　って感じなんやけど」

ありがたい援護射撃だったが朝陽は溜息を吐いて肩を竦める。

「俺の印象はろくでもない陰湿ストーカー野郎だが」

「俺やって朝陽さんのことどうしようもない暴言まみれの薄情教師やとおもてます」

腹が立ったので言い返した。二人で睨み合っていると、

「……君らあれやねんな、あれ、割れ鍋に綴《と》じ蓋」

良二は感心したようにそう言ってから、唐揚げを口に放り込んだ。

店内は禁煙だったが喫煙所は店舗前に設けられており、一度朝陽と共に吸いに出た。外は寒かった。あと数週間で冬休みに入る時期だが、去年よりも冷え込みが早い。吐いた煙も息が白いぶん、他の季節よりも濃く伸びてゆく。

「朝陽さん」

黒目だけが無言でこちらを向いた。

「今日、もし上手くいかんかっても、何でも手伝うからゆうてくださいね」

朝陽はふっと煙を横に吐き、何度か頷いてから煙草を水の張った灰皿へと捨てた。じゅっ、と絞るように火は消えた。


母親は朝陽のアパートまで来るらしい。部屋の中で待つのかと思ったが、外で待たせてあとから追いつくと朝陽は言う。時間が過ぎるごとに三人とも口数が減っていき、緊迫する場面に慣れないのか、良二は困ったように私と朝陽を見比べてくる。

ちょうどいい時間になったところで店を出た。朝陽はコンビニの袋をぶらぶら揺らしながら、散歩から帰るような足取りで歩いていく。

結局どう話し合うのかを開示してもらえなかった。私が言うことを聞かなくなると困る、という理由らしい。黙っていろと言われればその通りにするのだが、今までを振り返っても一切信用できないと撥《は》ね付けられた。良二は苦笑していた。

日曜の繁華街は賑《にぎ》わっていたが、離れれば静かで無言が際立つ。徐々に人通りも少なくなって、住宅街に差し掛かれば一気に道路が狭くなった。雲が多い。暗くなる速度がはやく、辺りはどこか寂しい雰囲気になっていく。

よく通う道だった。もう二年ほど通い詰めているため見慣れた風景が過ぎる。朝陽のアパート付近は人通りも少なく、それなりに不便だが、スーパーはそう遠くない。彼の職場である中学校までも、バスを利用すれば直ぐに着く。

アパートが近付いてくると朝陽は一旦足を止めて、体ごと振り返り私と良二を真っ直ぐ見据えた。

「俺とババアのところまで一緒に歩いて来なくてもいい、適当な位置で見ててくれ」

冷たい風が吹く。朝陽の肩越しには、無骨なアパートの屋根が見えていた。

「朝陽さんのオカンからは見えとってもええん？」

良二の問いに朝陽は頷き、すっとアパートの方向に視線を滑らせる。アパートの向こうには分厚い雲が浮かんでいた。朝陽は白い息を吐きながら、降るかもな、と予言のように呟いて、爪先を前へと向け直す。

アパート全体が見えると、朝陽の部屋の前に佇《たたず》む女性も確認できた。私も良二も一度ずつ会ったことがある。私は彼女が佇んでいるそこで、良二は昨日の喫茶店でだ。

背筋の伸びた気難しそうな、隙があるようにはとても見えない妙齢の女性は、こうして改めて見ればどこか朝陽に似ている。見た目というよりは輪郭か、まとう空気の冷たさが離れていても感じ取れた。自分以外どうでもいい、という雰囲気だ。

朝陽は片手を上げて、私と良二をその場に留めた。ここでいい、ということらしい。大人しく立ち止まり、再度気だるげに歩き出した朝陽の背中を黙って見つめた。手にはまだコンビニの袋を提げている。邪魔そうだった、受け取っておけばよかったと今更思う。

思ってから、飲んでないな、と不意に気付いた。彼の母親がふと振り向く。朝陽は声も出さずに歩いていく。

視線を滑らせ隣を見る。靴の箱を抱えながら心配そうにしている良二がいる。靴の箱。これは不発で、私は恐らく退職を免れるが、それは私の問題解決であって朝陽の問題解決には繋がらない。

朝陽に視線を戻す。あの人はいつも問題が起きたとき、どうしていた？　加奈子が既婚者だと知って情はありながらも別れを切り出し、私が故郷まで呼び付けたときは自殺は困るとかけ付けて、母親が連絡を寄越し始めれば人を遠ざけ、私がいなければ大人しく実家に帰っていると言い、今は一人で話し合うと、いや……。

話し合うなんて言っていない。見ていろと言ったのだあの人は。

視界の中で朝陽はコンビニ袋だけを地面に落とした。その瞬間に私は、地面を蹴って走り出した。周りがやけによく見えて、頭の中ではあらゆることが紐《ひも》づいた。

朝陽は情が欠けていて、面倒臭がりで、様々なことをどうでもいいと考えている。

それでも何かをしなければいけないとき、自分が動かなければいけないとき、彼が真っ先に切り捨てるのは、彼が最もどうでもいいと思っているものは。

朝陽は右手に握り締めたワインの瓶を母親に向かって振り上げた。良二の叫び声が聞こえる。自分の息が走ったせいで真っ白だ。

瓶が振り下ろされるタイミングと私が彼の母親を突き飛ばすタイミングは殆ど同じだった。振り向き様に朝陽の顔が見えて、そんなに驚いた顔を見たのは初めてだ、と少し嬉しくなった瞬間、激痛と共に瓶の割れる音が響いた。溢れたワインが服に滲《し》みて、噎《む》せ返るほどの酒気を全身に浴びた。

地面に倒れ込むと、呆然《ぼうぜん》と私を見下ろす朝陽と目が合った。アホやな、と言いたかったけれど、酷い痛みとアルコール臭の強さで朦朧《もうろう》として、何も言葉にはならなかった。いつだったかこの人に殺してくれと頼んだことがあったと急に思い出しておかしくなった。今は少しも死にたくないのに、上手くいかない。

朝陽大輝という人は、情が欠けていて、面倒臭がりで、様々なことがどうでもいい。その様々には私も含まれるだろうし、加奈子も含まれるだろうし、中学校の関係者も含まれるだろうし、両親も含まれるのだろう。

けれどその中で真っ先に切り捨てる、彼が最もどうでもいいと思っているもの、他を優先して使い捨てるものは、彼自身だ。

私ではなく朝陽が決定的な問題を起こして学校を追われれば、見合いだの結婚だのはすぐ白紙になるだろう。そして私はシホの父親、靴の持ち主の保護者と和解しているから、なんの問題もなく元の生活に戻れる。

確かにそうすれば殆どの問題は解決する。私には良二やシホがいるため、孤独に過ごす

 こともなく平穏な日々を送れるだろう。

でもそこに貴方がいないと何の意味もない。

貴方のそういうところが、俺は本当に大嫌いなんですよ、朝陽さん。

Storge

— 0 —

別に俺は俺が殺人罪だか傷害罪だかで捕まってもどうでもいいし、母親の思惑が潰れたと思えば清々《すがすが》しく眠れるだろうし、面倒な長髪は友人も出来てそのうち俺を忘れるだろうし、とにかくこれで最短かつ全面的に問題が解決すると思っていたんだが、張本人が潰しに来るのかよ馬鹿かお前よくわかったな、言うこと聞いて大人しくしてろよ、できねえならついてくるなよ、清瀬、お前のそういうところが本当に大嫌いだ。

— 1 —


「隆くん!!」

叫びながら駆け寄ってきた良二は滑り込むようにして清瀬のそばに膝をついた。清瀬はぐったりとして動かないが、意識はあるらしく、黒目を良二にふっと向けてから再び俺を見上げた。俺は突っ立ったままだった。何が起こったのかはわかっていたが事態についていけず、黙って見下ろすばかりの役立たずになっていた。

良二が殆《ほとん》ど混乱した様子で、清瀬を抱き起こそうと腕を伸ばす。

俺も動こうとするが、

「駄目よ」

鋭い声が飛んできて、後ろから肩を掴まれた。

母親だった。振り向いた俺と視線が合う前に首を振り、白い息を吐きこぼしながら清瀬と良二に視線を移した。

「頭を打ったなら動かさないほうがいいわ。救急車は今呼んだけれど、……大輝、警察も呼んだほうがあなたの願い通りになるのかしら」

冷静な顔と声で問われ、なにか言葉を返そうとしたが、うまく言葉が出ないしなんでこいつじゃなくて清瀬が俺に殺されかけてんだと今更考えるし、それでもどうにか頷《うなず》いて、手に持ったままの割れたワインボトルに視線を落とした。

寒かった。救急車が来るまでの間、誰も口を開かなかった。その間に雪が降り始めた。本当に降りやがったなと毒づくことすら出来ないまま俺は突っ立っていた。

母親は面倒ごとを嫌う。さっさと帰るのかと思えばその場に残っており、何故かと思ったが自分で理由を話した。清瀬に助けられた、という形になるため、放置はしないとのことだった。金だけは払う親だった、つまり自分の中に設けた最低限のラインは守る、そういう義務感はこんな女にもあるらしかった。

母親を罵倒できない立場だとはよくわかっている。清瀬のそばに寄ることもできない。今まで何度も殴り付けて血を流させたくせになと自嘲気味の息が漏れる。

警察と救急車は同時くらいに来た。最も冷静な母親が説明をしに向かい、数名の警官はみんな俺の手元を見る。割れたワインボトルを握り締めたままだったので、その場に捨てて特に抵抗する気はないと示してから、どうするんだこういう場合、両手を上げればいいのか映画のようにと、じわじわ冷静になりながら爪先をパトカーの方向へと向ける。

殴る相手を間違えたが、犯罪歴を作って結婚を白紙にさせようという目論見自体は果たせそうだ。それならそれで、構いはしない。

「待って」

不意に呼び止められ、救急車の方を見る。担架に乗せられるのを拒否する清瀬と目が合った。視線の間を、無数の雪が過《よ》ぎっていった。

「そのひと、は、正当防衛です……」

清瀬はよろよろと体を起こして、頭から流れる血をワインごと右腕の袖で拭った。その腕をそのまま左側のポケットに持っていく。左腕はだらりとぶら下がっており、救急隊員が動かないでと注意するのに、清瀬は警察に向けてなにかを見せた。

鈍く光る銀色の鍵だった。清瀬が勝手に作った、俺のアパートの。

警察官が一人、清瀬の下へと向かった。その間に救急隊員が清瀬の左腕を調べ、上着を脱がせながら脱臼骨折だろうと言い合って、その様子を見つめていた俺はとりあえず話を、と諭《さと》すように話し掛けられ母親と共にパトカーに乗り込んだ。

取調室とやらで警察に事実を話したり伏せたりしている間に、若い警官が一人入ってきて、なにかを耳打ちしたところで急に解放された。二度とワインボトルを人に向けて振り下ろすなという厳重注意を受けたが、一応そこは理解している。した上で振り下ろすほうがおかしいということも。

　気の重さを感じながら待合室に行けば母親がいた。あまりのそぐわなさに奇妙な気分になる、こいつは授業参観をはじめとして卒業式入学式などにもまったく顔を出さなかったのに、こんな状況で怪我もなく大人しく俺を待っているというのがどうにもおかしい。

　母親は俺の姿を認めると立ち上がった。無駄な動作もなく歩いてきて、呆《あき》れたような顔をしながら座るように促してきた。

　並んで座ると更に奇妙な気分になった。この距離で話した記憶すらないのは明らかに親がおかしいとは思うが、今言うことではないし今更なので黙ったまま足元を見る。

「急にボトルで殴られそうになって驚いたけれど、大体の経緯は把握したわ」

　話し掛けられたため仕方なく視線だけを横に滑らせた。

「……結婚は白紙になったか？」

「ええ、白紙にするとこちらから連絡を入れました」

　ふう、と気疲れしたような溜息が隣から聞こえる。

　こちらから連絡を入れる。若干違和感のある言い回しだ。俺の疑念を母親は目敏《めざと》く悟ったようで、まず訂正するけれど、と前置きを挟んだ。

「大輝。高石志穂さんの靴を盗んであなたと清瀬さんに送りつけたのは私ではありません」

はっきりとした否定に一瞬思考が止まる。嘘の可能性はある、と考えた直後に、いや別の可能性もある話だった、と除外していた選択肢を引っ張り出してくる。

「相手方が俺の素行調査をして、その流れで、ってことか？」

考えすぎかと潰した選択肢だった。母親は頷き、面倒そうに溜息を吐き出した。

「そもそもは、あちらが大輝との見合いを提案してきたのよ。いい話だったから乗ったけれどね。お嬢さんは写真を見てあなたを気に入ったらしいわ。でもあなたは清瀬さんとお付き合いしているでしょう」

そこは違うのだが一先《ひとま》ず否定はせずに先を促す。

「でもご令嬢は諦めなかったのね、……清瀬加奈子さんは本当に自殺か、って確認したのはこの辺りの兼ね合いだったんだけれども、恋人の目の前で自殺するような頭のおかしい女と付き合っていたの？　という確認だったのよ。そのあと加奈子さんの弟さん、清瀬さんと関係を持ったみたいだったから、どう考えても面倒なことになりそうなのにどうしてかしら、大輝は面倒なタイプに好かれやすいのかしら、と思ってはいたの」

「……あんたが一番その、面倒なタイプの頂点だと思うんだが？」

「私は特にあなたを好きでも嫌いでもないわ。話を戻すけれど、ご令嬢は諦めきれず、娘可愛《かわい》さにお父様が独断で行ったのが、志穂さんの孤立化、その犯人を清瀬さんに仕立て上げるという計画だったらしいわ。そうして清瀬さんとあなたを別れさせようと画策したみたいね。先程先方に確認をとりました。その上でこちらから話の白紙化、騒動に巻き込まれて怪我をした清瀬さんの治療費、朝陽家の息子に対して行った犯罪まがいの行為についての慰謝料などを示談で請求して了承を得ました。他に質問は？」

少し考えるが、まず浮かんだのは、こいつは心底俺の母親なんだな、という感想だった。効率化と面倒回避に思考を割きすぎだろう、その上で選ぶ選択は違っているが、過程だけを見るならまるで俺だ。血の繋がりが嫌になる。

質問は特にないし、母親としてクソでも仕事相手と見れば悪くないとはわかったが、折り合いがつくかどうかはまったく別の話になる。どんな顔でいやがるのかと横目で見れば澄ました横顔がそこにはあった。好きでも嫌いでもないと実の息子に言い放つ、その徹底した無関心がいやでも感じ取れて思わず舌打ちが飛び出した。

俺の反応に母親はふっと息だけで笑い、治療費は振り込みます、と事務的に言って立ち上がる。帰るのかと思ったが行きましょうか、と続けられて思わず口を閉じた。警察から勝手に帰っていいわけはないだろう。母親ではなく令嬢の親が原因だったとしても、俺が清瀬に怪我を負わせた事実自体は変わらない。

座ったままでいると呆れたような息を吐かれて苛《いら》ついたが、

「過剰防衛気味ではあるけれど、正当防衛だったとは認められたのよ」

続いた言葉に虚を突かれる。

正当防衛。最後に見た清瀬の姿を思い出す。警察に向けて出していた鍵は、俺のアパートの……。

「……、ストーカー行為を働いてたから、キレた俺が殴りかかった、って方向の話になったのか、まさか」

母親は頷き、行きましょう、と再び言った。ここまで聞いておいてどこに行くんだとは馬鹿ではないので聞かない。今度は大人しく立ち上がり、母親の数歩後ろを歩いて警察署の出口をくぐった。雪は止んでいたがすっかり暗くなっており、空にはどんよりとした雲が折り重なるように続いていた。

乗り込んだタクシーには母親が病院名を告げた。俺は黙ったまま、過ぎ去っていく街灯や住宅から漏れる他人の気配をタクシーの窓からぼんやりと眺め、あの長髪男に何から話せばいいか、結果的に助けられたわけだがなにをしてやればいいか、なにも思いつかないから聞くしかないのか、怪我の程度はどうなのか動けるのか、様々なことを考えながら流れる景色がうみだす糸のような光を追ったあと、隣に座る母親の気配にある種の腹を括《くく》った。

この女から逃げ続ける生活にはうんざりだ。俺は今度こそ母親、朝陽智里《ちさと》との冷戦のような膠着《こうちゃく》に向き合わなければ安定した生活には戻れない。

そのために息を吸う。渋滞ですねえと運転手がこちらにぼやく。

前にいる車のブレーキランプが、合図のように真っ赤に光る。

— 2 —

「家族ごと引っ越した俺の友達、覚えてるか?」

渋滞により止まった景色を見つめながら問い掛けた。数秒返事がなかったためもう一度言ってやろうかと顔を向けると、母親は腕組みをして俺の方へと視線を寄越した。

「覚えてるわよ。今更、何が聞きたいのかしら」

気持ち悪いくらいに冷静な声だ、微《かす》かに背筋が粟立《あわだ》った。やはり苦手だ、苦手だが、

「聞きたいことはねえよ、ふざけやがってって話がしたいだけだ」

どうにか言葉を繋ぎ、逸らしそうになった視線を食い止める。

「俺を、いや子供を、使える道具程度にしか見てない親はクソだろ。教師になってから余計にそう思う、あんたは紛れもなく最悪な母親だ、都合が悪いからって人の友達を家族ごと吹っ飛ばしたことは絶対に一生忘れんなよって、俺はずっと思ってる」

「……、それで？」

母親は腕組みを解き、体ごとこちらに傾ける。その背後では景色が動き始めて、口紅の塗られた唇が合わせるようにゆっくり開く。

「それで、大輝、あなたは何が不満なのかしら。都合が悪いからそうしただけで、生活自体を困窮させたわけではありませんし、相手方は栄転の形で引っ越しました。あなたは友達が減ったかもしれないけれど、そうやって剝奪《はくだつ》した分、塾や習い事の類を好きにやらせてあげたでしょう。今更よ。ここで話したところで、どうしようもない話に過ぎないわ」

「どうしようもないかどうかは俺が決める」

即座に言い返したからか、母親は少し驚いたようだった。初めて見る顔かもしれない、などと記憶を探る暇はない。

「はっきり言っておくぞ、クソババア」

息を吸う、タクシーの向こう側で景色が流れる。母親は瞬《まばた》きもせず俺の言葉を待っている。

「俺は、あんたの思い通りには、ならない。例えば清瀬があんたのせいで何処《どこ》かに飛ばされたとしても、レンタカーをキレながら運転して捜し出せるくらいには大人になってんだよ、わかるだろ。だから二度と余計なことすんじゃねえ、あんただけじゃなくて道楽主義のクソジジイの方にも言ってる。金が欲しいなら別のところで稼げクソ親、こうやってわざわざ口に出して言ってやってるんだ一回くらいは大人しく聞いて大人しく帰って俺のことは今まで通り放っておいてくれ」

言い切ってから口を閉じる。視線は俺も母親も外さずに、背景だけが明瞭に動いている。渋滞は抜けたらしく順調で、過ぎった看板は病院までの距離数が表記されていた。

はあ、と溜息が吐かれる。母親の仕草だが、面倒そうでもなく呆れた風でもなく、どれかといえば困ったような息だった。

「大輝」

「なんだよ」

「男性相手のお見合いなら受けるかしら」

斜め上の返事に一瞬遅れる。

「受けねえよ馬鹿か、同性愛者ってわけじゃねえぞ」

「じゃあなたで金を稼ぐのは無理じゃないの、もっと無気力で面倒臭がりで圧力をかけておけば言うことを聞く息子だと思っていたのに、まったく、思い通りにならないなんて癪《しゃく》だわ」

「ちょっと前までは圧力に負けてたと思うけどな」

つい返した言葉に自分でちょっと狼狽《うろた》える。母親は気にした素振りもなく、すっとスマホを覗いてからもう着くわねと口にした。

前方へと目を向ける。夜を迎えた病院が、フロントガラス越しに見えている。

「着きました」

運転手が出来るだけ俺達に関わりたくない雰囲気で静かに言う。さっさと降りて、問答無用でババアに金を払わせた。改めて話してみても印象は変わりない、俺を使える道具くらいにみてやがって暖簾《のれん》に腕押しだ。これ以上の会話は無駄だろう。

走り去るタクシーの音を背後に受けながら歩き出すが、

「待ちなさい」

ババアに呼び止められて仕方なく振り向いた。

「こっちよ」

母親は正面玄関ではなく裏の夜間出入り口を顎《あご》をしゃくって指し示す。時間が遅かったこともあり、身寄りがないこともあり、清瀬は一先ず入院という形になったらしい。

「命に別状はないそうよ。別状があったら、まあ、あなたは塀の向こうだったでしょう。清瀬さんにはそれなりの謝礼をしなくてはね……あまり時間を割けないしお金で良いかしら」

「あんたの口から謝礼って言葉が出るなんてな」

思い切り皮肉だったが、母親はきょとんとした顔で俺を見た。

「息子が犯罪者にならずに済んだのよ、謝礼は必要でしょう。お金以外がいいならあなたが決めなさい、清瀬さんが助けたかったのは、私じゃなくてあなたでしょう？」

上手く言葉が出なかった。母親は溜息を吐き、俺を置いて夜間出入り口へと歩いていく。既に病室も把握しているらしく、澱《よど》みのない足取りだ。見失うわけにもいかず黙って後ろについていく。

夜の病院は不気味に静かだが、夜の学校ともどこか似ている。人の気配が一気に減る建物の孕《はら》む、一種の習性みたいなものだろうか。非常口を示す緑のランプが薄暗がりに浮いている。

清瀬のいる病室は一人部屋だった。警察が多少出入りしたために配慮がなされた結果らしい。どうしようか、ババアと並んで見舞ってもいいのか、扉前で悩んでいると母親が一歩前に出る。

「大輝、ちょっと待ってなさい」

「あ？」

「息子を連れて相手方に謝罪なんて、したことがないから恥ずかしいのよ。休憩できる場所があったはずだから、そこで少し待っててちょうだい」

俺はどんな顔をしただろうか。母親はばつが悪そうに眉を寄せてから、追い払うように手を振った。

足が勝手に下がる。俺は自分が清瀬にどう顔を合わせるべきなのか決められていなかったし、このあからさまな躊躇《ちゅうちょ》を母親に見抜かれたのだと気がついた。配慮らしいものをこの女に寄越されるなんて思ってもみなかった。

母親は一人で扉を開けた。俺は背を向け、暗い廊下を真《ま》っ直《す》ぐ歩いた。歩きながら扉の向こうにいるはずの、清瀬隆を思い浮かべた。

対面してはじめにかける言葉は何が適切だろうか。目の前に躍り出てきた瞬間のあいつはどんな顔をしていただろう。言うことをやっぱりきかなかった長髪のストーカー男が俺の思惑を読んだ上で起こした行動は、もしかして殆ど死ぬ気の行動だったんじゃないか、だとしたらそれは、清瀬、お前の姉とはまったくもって逆の感情での自殺、ということになるんじゃないか。

考え込みながら歩いているうちに休憩用のスペースに行き当たった。消灯されており、人はいない。薄闇の中には沈黙するソファーや机、ボタンが青く光る自動販売機がある。

ソファーに腰を下ろすと無意識に溜息が出た。音の殆どない空間は、今の心情にはありがたい。なんだか放っておいて欲しい気分だった、このまま清瀬の前から消えるという手もあるかと完璧な逃げの一手すら考える。俺の前からさっさと消えろと思っていた相手の前から自分が消えるとは予想しなかった反転だが、なんだろうな、俺はけっこうかなりあいつが嫌いだったくせに、なぜか守ってやろうという方向に舵《かじ》を切ってあっさり失敗したんだから、そりゃあ穴があったら入りたい気分にもなるかもしれない。

無為なことをそうやってしばらくの間考えた。そのうちに足音が聞こえてきて、暗闇がくすぶる廊下の奥から母親が姿を現した。

「治療費や慰謝料、あなたが起こした暴力沙汰について、示談で話をつけてきたわ」

開口一番のビジネスめいた話しぶりについ笑ってしまう。

「そいつはどうも。タクシーでも言ったが二度と結婚の話持ってくんなよ、また金が飛ぶぞ」

「そうみたいだからこの方向性は諦めるしかないわね。でも他に息子ってどう使えばいいのかしら」

「使おうとすんじゃねえよ、もうほっといてくれって何度言えばいいんだ。最悪の場合アメリカにでも逃げるからな俺は」

「その場合は清瀬さんも連れて行って。少し話してわかったけれど、あの人やけにあなたに拘《こだわ》るから、勝手に消えた場合こっちにも飛び火して大輝を捜して欲しいって泣き付いてきそうだわ。恩がうまれた以上撥《は》ね付けるのも面倒だし、今回のようになにを仕出かすかわからないし……あなたが監視しておいて」

あの馬鹿はこのババアに何を話したんだよ、と思わず頰がひくついた。母親はすぐに立ち去る気がないようで、俺の目の前に立ったまま肩を竦《すく》めた。

「結婚話は持ってこないしあなたの言い分も清瀬さんの言い分も理解しました、圧力をかけても無駄なら使い勝手も悪い、ついでにこんなに口も悪くなってしまって……言葉遣いは直した方がいいんじゃないかしら」

「うるせえなババア、俺だってあんたや清瀬に粘着されるまではもう少しマシな言葉遣いだったはずだ」

「だから、もう何もしないって言ってるでしょう？　これはただの小言よ、言葉遣いは直しなさい。清瀬さんはあなたの暴言も好きみたいだったけれど、あれは特殊例だと思うわ。

教壇に立つのであれば言葉は」

「そのくらい弁《わきま》えてんだよ、つうか清瀬はあんたに何言ったんだ」

「それは……相手方の意向で伝えられません」

母親はそのままエレベーターの方向へと爪先を向ける。このババア、そしてあのストーカー、何故か結託してないか？

内容を開示する気は本当にないらしい。どうにも力が抜けてしまった。ソファーに凭《もた》れ掛かって、立ち去りかけた母親を呼び止める。小言なんて初めて言ったんじゃねえかこいつ、今更母親ヅラかよ、今までの諸々をろくに謝りもしない上にそもそも謝ることじゃないとでも思ってるのか、それならそれで、俺の方ももういいか。

「マジで二度と来んなよ、親父にもさっさと死ねって言ってくれ」

悼辞《とうじ》代わりに口に出すと、母親は微かに口角を上げた。

「不摂生だからそのうち死ぬんじゃないかしら。それじゃああとは、一人でやりなさい」

振り向きもせずに去っていく後ろ姿を黙って見送った。闇に飲まれてからも足音だけは届いたが、エレベーターの開閉音のあとはもう痕跡を辿《たど》れず、また静寂が辺りに満ちた。

闇の中で母親の、清瀬に対しての所感を思い出す。逃げても追い掛けてくるか。そりゃそうだろう、あいつは清瀬隆だ。延々と人の家に通い詰めて妙な気を回して俺の邪魔ばかりして、誰にも立ち入らせなかった生活の中にいつの間にか馴染《なじ》んで茄子《なす》の煮浸《にびた》しとか作って待っているような、おそろしく物好きな人間なのだ。

仕方がないので立ち上がった。億劫《おっくう》に思いながら廊下を戻り、清瀬の部屋の前に立つ。ノックをしかけたが眠った可能性を加味してやめた。そっと扉を開いて覗き込み、窓の方を向いている長髪の姿を視界に入れる。左腕は固定されていた。こめかみの辺りに分厚いガーゼが貼り付けてある。

引きかけた足を無理矢理進めた。はっとした様子で振り返った清瀬は目を見開いてベッドを降りようとする。

「動くなボケ」

普段通りに罵倒すると清瀬は大人しくベッドに入り直したが、何ともいえない顔で見つめてくるので帰りたくなる。苦手な雰囲気だ。あからさまに好意というか、恋慕というか、情愛というか……そういったものを直球で投げてくる相手は得意じゃない。

後ろ手で扉を閉め、ベッド近くまで歩み寄る。パイプ椅子が開いたまま置かれていた。母親が片付けずに帰ったのだろう。

腰を下ろしたところで右腕が伸びてきた。窓側にあるため伸ばしにくそうだったが、構う様子もないので閉口する。胸の辺りで摑んで留め、そのまま膝の上に置き直してから、お前はマジで、と言い掛けて一旦噤《つぐ》む。

何を話しても仕方がない気がした。視線を落として握り込んだままの指を見る。爪の先、第一関節、指の腹と追ってから、意味もなく皮膚を撫《な》でたところで朝陽さん、と静かな声で呼び掛けられる。

「ストーカー行為について、警察から厳重注意を受けました」

視線を上げると嬉しそうに微笑《ほほえ》まれて肩の力が抜ける。

「俺だって、過剰防衛だワインボトルを人に向けて振り下ろすなって厳重注意受けた」

「ふふ、俺も貴方《あなた》も」

「人間として不能だよ、かなりな」

清瀬は笑い声を上げて、俺の手をぎゅっと握り締めた。吊《つ》られた左腕が痛々しい、頭は掠《かす》めただけだったのか切れた程度らしいが、腕が一本使えないのではしばらくの生活は苦労が多いだろう。悪かった、ごめん、痛かったか、お前のおかげで助かった。口は勝手に言葉を吐いて、清瀬は不意をつかれた顔をしたがすぐに苦笑して、そら痛いです、折れたし外れました、せやけどこう、俺は、なんやろう。朝陽さんがおらんかったらこんな目にも遭わんかったやろうけど、加奈子に従ったまま目の前もろくに見えんかったやろうけど、朝陽さん、なにもない場所に放り出されてから俺は、何度朝陽さんに助けてもろたかわかりません、せやから、少しでも返せたんやったら、良かったです。そう言葉を選ぶようにしながら話して、最後に首を傾け笑った。

俺は一言だけ返した。ありがとう。この一言だけだったが、こんなことしか言えないのかよと心底自分にがっかりしたが、清瀬は嬉しそうにして、俺の手を更に握り締めて目を閉じた。

握られたまま寝られて困った。仕方なく残留し、気付くとベッドに伏せて眠っていた。朝の光にはっとして起き上がったが清瀬はまだ寝息を立てていた。手が離れていなかったので、俺も仕方なく、いや自分の意思で、清瀬が起きるまで待つことにした。


良二にけっこう怒られた。その次に、故郷から飛んできたという良二の母親、高石恵子《けいこ》に平手打ちを食らった。謝るしかないため平身低頭謝らせて頂いたが、初対面の男に平手打ちは中々じゃねえかと思っていたら良二の伝え方が悪かったらしく、俺が故意に清瀬をぼこぼこにして病院送りにして命の危険に晒《さら》したと思っていたようだった。清瀬が諸々説明したが、俺がワインボトルで殴ったことに変わりはないため、謝罪を重ねた。

「かれしおにいさん、きよせせんせーにひどいことしたらあかんよ」

「……はい」

シホにストレートに叱られて大人しくならざるを得なかった。清瀬は窓側を向いて必死に笑いを堪《こら》えていたのでイライラしたが顔に出さないよう気をつけた。

「きよせせんせーかみのけぼさぼさやん。みつあみしてあげるな」

シホはベッドをよじ登り、笑いながら背を向けた清瀬の髪を器用に編み始める。よく見る三つ編みよりも凝っていて上手いもんだった。他にもいろいろできるのか聞けば、ヤカイマキだかお団子だかツーサイドアップだかよくわからないが何となく想像はできる髪型をあげられた。

思わず感心し、

「それ、クラスの女子にしてやったら友達くらいできるんじゃねえのか」

そう言うと一斉に見つめられた。

「……確かに」

「ほんまや……」

「隆くんを殴ったゆうたからどんな男やのと怒りながら来たけどええことというやん」

高石家と清瀬家はアホなのだろうか。そう思うが当然言わなかった。高石恵子はあははと笑い声をあげて、訴訟するなら徹底的にやったろうとおもててん、と恐ろしいことを言い始める。離婚後も苗字《みょうじ》を高石のままにしてあるのは仕事上の決定で、法律事務所で働いているかららしい。一応円満離婚だったとも聞いた。

シホは友達作りについてあまり乗り気じゃなさそうだったが、清瀬が何事かを囁《ささや》くと、嬉しそうに笑いながら頷いた。

高石家は先に帰っていった。清瀬もとりあえずの入院だったため、もう家には戻れるようだ。

「シホになんて言ったんだ？」

清瀬と共に病院を後にしながら問い掛けると、含むように笑われた。なんだよ、と更に聞き返せば、健太郎くんですよ、と返ってくる。

「クラスで友達ができたら健太郎おにいさんと遊ぶ時間が減る、って心配しとったんですあの子は。健太郎くんのおうちにシホが行ったらええよ、って言ったら納得したみたいです」

「……お前のその助言、下手したらストーカー製造発言だぞ」

「ええやないですか、俺やって通い詰めて成功したクチですよ」

殴ってやろうかなと思うが怪我を配慮しどうにか留《とど》める。シホは清瀬二号にはならないだろうと信じることにし、平日夕方前の道路を歩いてバス停に向かう。仕事は緊急で休んだが、騒動自体はもう伝わったので、あとはどうにでもなれと思っている。清瀬は清瀬で大変だろう。

並んで歩きながら、このまま帰ってお前の家にしばらく住む、と完治までの介護を申し出る。清瀬はぱっと俺を見て、込み上げる笑みを隠そうとしたが普通に無理だったらしく、泣き笑いのような表情を浮かべながら、嬉しいです、と率直に言ってきた。

家についたところで抱きついて来られ、これは多分この先ずっと一緒に住む、というふうにとったなこの不能野郎と気付いたが、俺はこんなだしこいつはこんなだし、良二に割れ鍋に綴《と》じ蓋と評されたしと、色々言い訳を脳内に連ねてから怪我にさわらないよう気をつけつつ背中を撫でた。

情の欠けた不能のクズでも絆《ほだ》されることはあるし、その相手が面倒で最悪で問題ばかり抱えてきた爆弾のような長髪男だったからこそ、割れて綴じてるもの同士だからこそ、不能共が寄り集まって叩き潰しあってきたからこそ、それなりにうまくはまってしまうのだろう。

笑えた。声に出た笑い声はやけにさっぱりとしていて尚更おかしくなった。

―3―
またはエピローグとプロローグ

どこかの国のどこかの街で、ニューヨークだかハウステンボスだかサンティアゴ・デ・コンポステーラだか、その辺りのなんの関連もない都市で強盗殺人がありそれなりに名前の通った人が死んだと聞いて、俺はそれなりに名前の通った人のことをまったく知らないしそうか呆気《あっけ》ないな人は死ぬんだな、なんてうすっぺらな感想だけを数秒抱いてさっきまで忘れていたことをまた二年ほど忘れていたんだけれども、ひょいと覗き込んで来たいつのまにやら家族よりも家族らしい存在になった男に買い物に行きましょう朝陽さん、といつもと変わらない様子で話し掛けられた瞬間急に思い出して怪我はどうだと問い掛けた。もうすっかり調子はいいらしい。ただ全治にはまだかかるため、リハビリには通っている。

何かと鬼門の冬が過ぎ去り春が来る。清瀬は鼻歌などを歌いながら出掛ける準備を進めて家の鍵を持つ。結局アパートは引き払った、一軒家は当然住みやすいし隣人の騒音には悩まされないし、盗聴の心配もまずないし、どこかのストーカー男が勝手に合鍵を作るという事態もまあ起きない。

どこかのストーカー男はどこかの良妻賢母然とした顔で俺の世話を相変わらず焼く。俺は俺で骨折後の介護を引き受け諸々手伝ってはいるのだが、料理が壊滅的にできないために、家事は折半という方針で決まっていた。

「シホは二年生になってから、隣の席の女の子にかわいいお団子を作ってあげて、さっそくお友達ができたそうです」

「ふうん、良かったな」

清瀬は頷き、朝陽さんのおかげです、とたった一言しか助言していない俺に礼を言い始める。

「俺の手柄じゃねえだろ、シホの件以外でも。お互いどうにか首は繋がって職を失ってはないけどな、下手すればお前を擁護するシホやら良二の立場も危なかったしこっちは俺の擁護をした野口や畑山にも頭が上がんねえしババアはババアで不利とわかれば直ぐ逃げただろうし、かなり綱渡りだった二度とごめんだ」

「あ、朝陽さんのババアさんと言えば」

妙な呼び方をするなと思うが黙って促す。

「たまにメールするんやけど、今度お金振り込んでくれるらしいですよ」

情報量が多かったため思考が止まりかけた。こいつなんであのババアに連絡してんだよ。やっぱ結託してやがるのか。俺の無言の圧を感じたらしく、清瀬は苦笑して首を振る。

「妙なことはしてへんよ、朝陽さんと仲よう暮らしてます、って報告したら、ほな香典あげるって」

ババア俺を殺す気でいやがる。清瀬は清瀬で間違いくらい正せと思いながら、

「馬鹿か、どっちかと言えばご祝儀だろうが」

突っ込めば満面の笑みを向けられた。

「ふふ、そうですよ朝陽さん、ご祝儀なんです」

清瀬は靴を履き、玄関を開け放って振り返る。外は晴れていて眩《まぶ》しかった、清瀬は清々しく笑ったまま更に言う。

「貴方の母親は俺が貴方の家族になってもええよ、ってゆうたわけです。二度と結婚の話なんか来ませんよ、これで」

とっくに終わったと思っている今更なことを持ち出してくるので参った。たまに恐ろしくあざといことを言い出すのを本当にやめろと思う。

背中を軽く押し、行くぞ、と先を促した。清瀬は歩きながら俺を振り返る、追い付いて並んでからは、今日は何作りましょう、と嬉しそうに聞いてくる。食えればなんでもいいし、鞄は持つから寄越せと奪い、取るに足らない世間話をしながらスーパーへと向かい始める。

春のやわらかい日差しは淡く、先を照らすよう緩やかに揺れる。その真下を二人で歩く。呆れつつ怒りつつ、嫌いなんだか好きなんだか、どっちも正解だし不正解だしもうなんでもいいとお互いに言い合って笑いながら歩いていく、歩き続ける、それでいいはずなんだと俺達は、人間なので知っている。

不能だろうがこの先ずっと生きていく。

了

本作はＷｅｂ小説サイト「カクヨム」に掲載された作品を加筆修正したものです。

草森ゆき（くさもり　ゆき）
滋賀県生まれ、愛知県在住。2020年からWeb小説サイト「カクヨム」への投稿を「草食った」の筆名で開始する。掌篇の投稿を中心とするなか、初めて挑戦した長篇BL小説「不能共」が大きく話題を呼ぶ。筆名を「草森ゆき」に改め、23年、投稿作に改稿を加えた『不能共』（本書）でデビュー。好きな作家は有栖川有栖。趣味はネット麻雀、特技は暗闇を歩くこと。

不能共《ふのうども》

2023年４月24日　初版発行

著者／草森《くさもり》ゆき

発行者／山下直久

発行／株式会社KADOKAWA
〒102-8177　東京都千代田区富士見2-13-3
電話　0570-002-301（ナビダイヤル）

印刷所／旭印刷株式会社

製本所／本間製本株式会社

●お問い合わせ
https://www.kadokawa.co.jp/（「お問い合わせ」へお進みください）
※内容によっては、お答えできない場合があります。
※サポートは日本国内のみとさせていただきます。
※Japanese text only

定価はカバーに表示してあります。

ISBN 978-4-04-113447-4　C0093